別れ道の二人

赤川次郎
Akagawa Jiro

双葉社

目次

別れ道の二人

装幀　bookwall
装画　嶽まいこ

プロローグ

二人は、暗い夜道を必死に歩いていた。

風は凍るように冷たく、固くつないだ手も、感覚を失いそうなほどかじかんでいる。

どっちも口をきかないのは、そんな余裕がないせいでもあったが、呼吸するにも辛いような北風を吸い込みたくなかったからだ。

街灯一つない、山の中の道である。曲りくねった自動車道路の両側は、歩道などなく、すぐに深い森だった。

二人とも若い、男と女だった。

男の方は寸足らずの上着とワイシャツで、女もブラウスの上に薄手のカーディガン、スカートという軽装だった。二人とも、コートも手袋もマフラーもない。

ただひたすらに、半ば顔を伏せて、少しでも風から逃れようと空しく努力しながら歩いていた。

女がハッと顔を上げて、

「車だわ！」

と、震える声で言った。「追って来た！」

「隠れるんだ」

男が手を引いて、二人は森の木々の間に身を潜めた。

車が一台。こんな夜中にどこへ向かうのか、ライトを木々に伸して、走り過ぎて行った。

「――大丈夫だ」

と、男は言った。「僕らを追ってるんじゃないよ」

「良かった！」

と、女が全身で息をつくと、「足が痛い」

「ああ。爪先がね。僕も痛いよ。仕方ない。もう少し頑張ろう」

「もう少し?」

「いや、僕にも分らない」

と、男は首を振って、「でも、ここでぐずぐずしてたらまずいってことだけは確かだ」

「ええ、分ってるわ」

女は自分を励ますように、何度も肯いて、

「行きましょう」

道へ出ると、二人はまた歩き出した。

風が一段と強くなった。

「——まずいな。このままじゃ、体温を奪われて倒れるよ」

「でも、休んでる暇は——」

と言いかけて、「ね、見て! 小屋だわ!」

道端に、一体元は何だったのかと思える小さな小屋があった。

「入りましょう」

と、女の方が言った。「少しでも風がおさまってくれれば……」

「うん、そうだな」

追われている身だ。のんびり休んではいられない。しかし、この寒さでは……。

その小さな小屋は、何か物置のようなものだったのだろう。ドアが外れかけていて、その脇にかすかに〈工事〉という文字の見える札が掛かっていた。

ドアを引張ると、きしみながら開いた。二人は中へ入って、ドアを閉めた。

完全には閉まらないが、それでも風をよけることはできた。口笛のように鳴る風の音も、遠ざかった。

「——寒い」

と、女は手で体をこすった。

「こんなことになって……」

と、男が言いかけると、

「やめて！」

と、女は遮った。「もう謝らないで！　あなたはずっと謝り続けて来たんだもの」

女がすがりつくと、男は力一杯抱きしめた。

「ああ……。このまま、どこかへ運ばれて行ったらいいのに……」

「本当だな。あの〈ドラえもん〉の〈どこでもドア〉だっけ？　あれがあったらな」

二人はちょっと笑った。

すると——小屋の奥で、別の笑い声が上った。

女が悲鳴を上げそうになって、

「——誰？」

と、暗がりへと訊いた。「誰かいるの？」

汚れた窓ガラスから、わずかに外の明りが入ってくる。月が出ているのだ。

目が慣れると、小屋の奥で立ち上る男が見えた。

「お熱いな。だが、この小屋は俺たちの方が先客だ」

床に座っていた女が、ゆっくり立ち上って、尻を払うと、

「——何だ、子供じゃないの」

と言った。

「俺たちも、あんまり寒いんでここへ入ってるんだ。まあ、ゆっくりしろよ」

「子供」と言われた二人は、身をすくめて、しっかり抱き合っていた。

「椅子はねえが、そこに材木が積んである。座って休め」

男は促して、「この辺で、誰か人を見かけたか?」

「いいえ、誰も……」

と答えて、「紀久ちゃん、座りなよ」

「うん……」

女の子は肯いて、材木の上に腰をおろした。

「あんたたち、十代だろ」

と、女が言った。「私はもう五十。この中じゃ長老だね」

「僕は十九。この子は十七です」

と、少年は言った。「国道へ出たくて。まだ遠いんでしょうか」

「地図だとほんの数センチだけどな。まあ、あと一、二キロってとこだろう」

男は、三十前に見えた。すり切れたジャンパーにジーンズ。

「これは私の息子。――あんたたち、恋人同士らしいけど、駆け落ちかい?」

と、女は言って、「まあ、別に知りたいわけじゃないけどさ」

少し間があって、

「――僕らは逃げ出して来たんです」

と、少年が言った。「僕はこの子の親の店で働いてて……。でも、彼女は四十過ぎの男と結婚させられそうに……」

「今どき、そんな話があるのね」

「古い、小さな町ですから」

と、女の子が言った。「この人と、どこかへ行って暮そうと思って……」

「だけど、その格好で? 金は持ってるの?」

「ほとんど、小銭しか……。突然のことで」

と息をついて、「お二人は……親子なんですね」

「そう。駆け落ちじゃないよ」

と、女は笑って、「でもね。私たちも、そうのんびりしちゃいられないんだ」

「母さん――」

「いいじゃないの。これも何かの縁ってものさ。人の縁は大切にするもんだ。――私は大堀美也子。こいつは広《ひろむ》っていうんだ」

「私……松崎紀久子です。この人、小山栄治」

何となく四人は和んだ気分で笑った。

「お二人はどこへ？」

と、小山栄治が訊いた。

「あんたたちと同じ国道さ」

と、大堀美也子が言った。「こっちも逃げてる。もっとも、あんたたちのようにロマンチックじゃないけどね」

「ああ、追われてるのさ、サツにね」

大堀広の手に、幅広のナイフが白く光った。

1　企み

強い風は止んだようだった。

「静かになったね」

と、大堀美也子は言った。「私たちは行くよ」

「僕らも」

と、小山栄治は言った。「――歩けるかい？」

「ええ、大丈夫」

と、紀久子が立ち上った。

「じゃ、旅は道連れと行こう」

と、美也子は愉しげに、「お巡りたちと出会ったら、あんたたちは巻き込まれないようにね」

「そうします」

と、栄治は言った。「僕が外の様子を」

壊れかけたドアをそっと開けて、「――大丈夫です」

「じゃ、行きましょう」

と、紀久子が栄治の手を取った。

すると、

「待ちな」

と、美也子が言って、自分のコートを脱ぐと、紀久子の体にかけてやった。

「あの……」

「それじゃ、いくら何でも寒過ぎる。私は大丈夫。下に何枚も着込んでるからね」

「そんな……。申し訳ないです」

「いいから、早く出かけよう」

「はい」

紀久子は、美也子のくれたコートに腕を通した。

四人は、外へ出て、歩き出した。

――ふしぎな気分だ、と栄治は思った。

一緒にいるのは、ナイフを持った逃亡犯なのだ。

それでも、なぜか栄治は、この母と子を恐ろしいと思わなかった。

紀久子にコートを着せてくれる美也子に、栄治は感謝の思いを抱いていた。そのやさしさは、本物だった。

二人が何をして逃げているのか、それは分らない。だが、今の栄治には、こうして一緒に歩いていることの方が、重要に思えた。

――ふしぎなもので、二人が四人になると、道を辿るのが苦にならなくなった。

紀久子も、別人のように力強く歩いていた。コートのせいもあったかもしれない。

「――国道だ」

と、広が言った。

ちょっと呆気ないほど、四人はいつしか国道に出ていたのである。

「路線バスがある」

と、美也子が言った。「鉄道の駅まで行って、そこからは列車だ」

「――ありがとうございました」

と、紀久子がコートを脱ごうとした。

「それはあんたにあげたんだ。この先だって寒いよ」

「――すみません」

バスの停留所がある。他に人はいなかった。

「まだ手は回ってないようだ」

と、広が言った。「じゃ、ここからは、二人ずつってことだ」

「待って」

と、美也子が言った。「いいことを思い付いたよ」

「母さん――」

「駅まで、違う二人組で行かない？」

「何だ、それ？」

「捜してるのは、若い男女と、親子。――一旦、女同士と男同士の二人組になるのさ」

栄治と紀久子は顔を見合せた。

「ね？　五十女と十七の娘、これなら母と娘で通る。広と、そっちの男の子は男の兄弟に見えるだろ。捜してる方が、駅の辺りに手を回していたとしても、違う二人組なら、気付かれない」

と、美也子は言った。「もちろん、あんたたちの顔を知ってる人間がいたらしょうがないけど、そうすぐには――」

「すばらしい考えです！」

紀久子が突然力をこめた声で言ったので、栄治はびっくりした。

「紀久ちゃん――」

「美也子さんの言われた通りにしましょう。駅で列車に乗ったら、元の二人に戻ればいいわ。家からは、駅に連絡が行ってる可能性があるけど、でも私たちの顔は知らない。こちらの『お母さん』と一緒にいれば、誰も疑わない」

「決りだ！」

と、美也子は手を打って、「じゃ、バスが来たら一緒にね、紀久子ちゃん」

「はい、お母様」

二人は笑ってしまった。

まさか――こんなことになろうとは。

しかし、栄治の内には、どこかゲームでもしているような感覚が生まれて来ていた。

「――さあ、バス代だよ」

と、美也子は栄治に言って、現金を渡した。

「すみません。お借りします」

と、栄治は言った。

「いいのよ」

と、美也子はちょっと照れたように、「ほら、運良くバスが来たよ」

バスの中でも、美也子と紀久子、広と栄治という取り合せで、他人同士のように、離れて席に着いた。

「三十分ほどで駅だよ」

と、美也子は言った。

「ありがとう。美也子さん」

と、紀久子は言った。「ご親切は忘れません」

「もういいよ」

と、美也子はバスの中を見回して、「ほとんど、地元の人たちだね」

「ええ。――私の父は、ほとんど学校へ通えなかったんです」

「苦労人なのね」

「ええ。でも――苦労が人を作ると言いますけど、父の場合はそれが悪い形で現われてしまったんです」

美也子がバスの窓の外へ目をやる。

「――ほら、もうすぐ駅だよ」

と、美也子は言った。

バスは駅前のターミナルへと入って行った。

駅の辺りはさすがに明るく、いくつか店も開けていて、列車を待っているらしい人たちの姿もあった。

「あんたたちはどこへ行くつもり?」

と、大堀美也子が紀久子に訊いた。

「とりあえず東京へ」

と、紀久子は言った。「少しは知ってる人もいますから」

「でも、あんたが知ってるってことは、あんたの親父さんも知ってるんじゃないの?」

「ええ……。それは……」

「友達とか、昔の知り合いといっても、あんまり信じちゃいけないよ。誰だって、厄介なことには係り合いたくないものさ。ともかく、あんたの親父さんは、あらゆる知り合いに手を回すと思った方がいい」

紀久子は緊張した面持ちで、

「ありがとうございます。私——子供のころの友達でも頼って行こうかと思ってました。でも、もちろん父もそれぐらいのこと、考えますよね」

「まあ、私の口を出すことじゃないけどね」

「いいえ。言っていただいて助かりました」

と、紀久子は言った。

バスが駅前に停って、ほとんどの乗客が降りた。

「——じゃ、東京行きでいいんだね?」

「でも……」

「大都会の方が、身を隠すにも、仕事を見付けるにも便利だよ」

美也子は東京行のチケットを二枚買って、一枚を紀久子へ渡すと、

「向うも同じはずだよ。大丈夫、広も金は持ってる」

「すみません」

「ともかく店をうろついてるわけにゃいかない。ホームに上ろう」

美也子と紀久子、そして、広と小山栄治は改札口を通って、階段を上り、ホームに出た。

ホームの一方の側に列車が停っていた。

「これは逆方向のやつだよ。上りも五、六分で来るはず」

と、美也子は言って、「お弁当買おうか。お腹空いてるんじゃない？」

紀久子はちょっと頰を染めて、

「お腹が空いて、目が回りそうです」

と言った。

ホームの売店に、種類は少ないが、お弁当が置かれていて、美也子が買っていると、広もやって来て、二つ買った。

「——それらしいのはいないぜ」

と、広が言った。

美也子がチラッと広をにらんで、

「油断するんじゃないよ」

と、小声で言った。「列車が動き出すまでは、知らない同士。いいね」

「分ってるよ」

と、広は肩をすくめた。

ホームに、アナウンスが流れた。

「一番線に上り列車が参ります」

「時間通りだね」

と、美也子は紀久子に言った。「日本の列車が時刻表通りで、私たちのように、やばいことやって逃げる身にはありがたいよ」

そのとき、ホームにベルの音が鳴り渡った。

停っていた下りの列車が発車するのだ。

「——自由席の方へ行って、待ってようかね」

と、美也子が促して、紀久子はすぐ後について歩き出した。

紀久子の顔にも、安堵の色が浮んでいる。

すると、ホームへとバタバタ足音をたてて駆け上って来た男たちがいた。それを見て紀久子がハッと息を呑んで立ちすくんだ。

「いやだ!」

と、囁くような声で言って、美也子の後ろに隠れた。

「どうしたの?」

と、美也子が訊く。

「店の者です! 見付かっちゃう!」

三人の男たちは、ホームを見回している。

紀久子たちとの間は十メートルもなかった。紀久子が隠れようとしても、二、三秒後には見付かってしまうだろう。

ベルが鳴り終っていた。車掌の笛がピーッと鳴った。

美也子は紀久子を抱き寄せるようにして、

「乗るよ!」

と言った。

「え?」

ためらう間もなかった。二人は閉じようとする扉へと飛び込んだ。次の瞬間、扉が閉じた。

美也子と紀久子は扉のそばから離れた。

列車は動き出した。――そっとホームの方を覗くと、男たちは紀久子に気付いていないようだった。

紀久子は扉の前に駆けて行った。ホームに広と栄治が立っている。紀久子が必死で手を振ると、栄治が気付いて唖然とした。

紀久子は店の男たちがいる方向を指して見せた。分っただろうか? しかし、もう列車はスピードを上げ、たちまち栄治と広は見えなくなり、ホームが視界から消えた。

「――どうしよう!」

と、紀久子は震えて言った。

「仕方ないよ」

と、美也子が紀久子の肩を叩いて、「これに乗らなかったら、見付かってた」

「ええ……。危いところで」

「あの子はあんたに気付いたんだろ？　それならきっと分ってるさ」

「そうでしょうか……」

「ともかく、列車はしばらく停らない。席に座ろう」

「はい……」

「広の奴は、危機一髪のところに慣れてる。大丈夫さ」

二人は客車に入って、座席に腰をおろした。他にほとんど客はいない。

「――息子さんと別々になっちゃいましたね」

と、紀久子が言った。「すみません。私たちのせいで」

「なに、構やしないよ。今さら焦っても仕方ない。――せっかく買ったんだ。お弁当を食べよう」

「はい……」

空腹を、一時は忘れていたが、冷えたお弁当のふたを開け、割りばしをパキッと割ると、紀久子も食欲が戻って来た。

あの男たちに、栄治は見付からずにいられただろうか？

心配しながらも、アッという間にお弁当を空にしている紀久子だった。

「――そうそう。ちゃんと食べないと、考えもまとまらないのよ」

と、美也子は言いながら、自分もお弁当を食べていた。

紀久子は息をつくと、

「反対方向の列車に乗っちゃったんですね」

「こんなこともあるさ」

と、美也子は笑って、「ともかく、終点まで行こう」

「でも、広さんたちは東京へ――」

「東京に行ったら、立ち回る所は分ってる。ちゃんと会えるさ」

と、美也子は言って、「少し寝ておきな。疲れが取れるよ」

と、目を閉じた。

――紀久子は、眠るどころじゃなかった。

もしこれきり、栄治と会えなかったら？

栄治を追って行っても、東京のどこにいるのか……。

いや、それよりも店の男たちは、もちろん栄治のことも知っている。あのホームに、まだ上り列車は来ていなかった。

紀久子はこうして反対方向の列車に飛び乗れたが、栄治は……。

人の少ないホームで、店の男たちの目を逃れるとは思えなかった。今ごろ栄治は――。

「ごめんね、栄治」

と、紀久子は小声で言った。

大堀美也子は、紀久子の隣でアッという間にいびきをかいていた。

そして栄治は……。

殴られて気を失っていた栄治は、体を揺さぶられてハッと気が付いた。

「おい、大丈夫か？」

と、声をかけたのは大堀広だった。

「あ……。あの……」

と言いかけて、栄治はお腹を押えて呻いた。

「悪かったな。手加減してられなかったんだ」

栄治は、自分が列車に乗っていることに気付いた。列車は走っている。

「僕は……どうしたんだろ」

「母さんとあの子は下りの列車に乗ってったんだろ？　お前が呆気に取られてるから、俺だって、どうなってるか分らなかったよ」

と、広は言った。「でも、すぐにお前が気が付いたんだ。ホームに上って来た男たちのことに」

「そうだ！　――紀久ちゃんはあの連中と出くわしてしまいそうになって、きっととっさに下りの列車に……。そうですよね、お母さんがそうさせたんでしょうね」

「ああ、母さんはそういうことをやってのけるんだ」

と、広は肯いた。

「でも、僕は――」

「憶えてないか？　お前はあのままじゃ連中に見付かるところだった。だから、俺は力一杯、拳でお前の下腹を殴ったんだ」

「それで……」

「お前が体を折ってぐったりしたんで、俺は酔払いを抱えてるふりをして、『しょうがねえな。だからそんなに飲むなって言ったんだ』って、大きな声で言った。お前は顔を伏せちまってたから、あの連中は気が付いてなかったよ。ホームを駆け回って、『いないぞ、どうしよう』って言い合ってた。大方、逃がしちまったら、とんでもなく大目玉をくらうんだろう、かなり焦ってる様子だったぜ」

「ああ……。そうか。ともかく、急に目の前が真暗になって……」

「上りの列車が入って来て、あの三人は、『まだ駅に来る途中かもしれねえ』って言ってホームから駆け下りて行った。で、俺はお前を何とか上り列車に乗せたってわけさ」

「本当に……ありがとうございました」

やっと事情が呑み込めて、栄治はそう言ったが、

「いてて……」

と、下腹を押える。

「大丈夫か？　思い切りやっちまったからな」

「いいんです。そうでないと……」

と、栄治は息をついた。

少しすると、痛みも治まって来た。栄治は、

「僕らのせいで、こんなことになって……」

「なに、どうってことないさ。母さんと二人だったら、駅員の目についたかもしれねえが、そこはお前たちのおかげでごまかせた。まあ、心配いらねえよ」

「でも……紀久ちゃんはどうしてるだろう……。たぶん、東京に出ては来ると思うけど」

「どこへ行くとか、決めてなかったのか？」

「ええ、何も。知り合いったって、助けてくれそうな人は……」

「あんまり人をあてにしないことだな」

「ええ、それは分ってます。二人だけで何とかしないと、って話してたんです」

「俺の方は、母さんの考えることは大体見当がつく。うまく会えるさ」

「すみません、本当に」

広はちょっと笑って、

「あの女の子が言ってたな。お前がいつも謝って

ばっかりいるって。その通りだな」

と言った。「ところで、腹の具合がもう良かったら、せっかく買った弁当だ。食べるか？」

栄治は下腹を撫でて、

「はい！　いただきます」

と言った。

「よし。――しかしな、栄治って言ったっけ？　一応、兄弟ってことにしておこう。他人同士じゃ怪しまれるかもしれねえからな」

「はい、分りました」

「おい、兄弟でその口のきき方はないだろ？」

「あ……。すみません」

栄治はまた謝っていた……。

栄治のことが心配で、眠るどころではない――。

そう思っていた紀久子だが、いつの間にか疲れには勝てず、眠り込んでいた。

ほんの一瞬、という感覚だったが、ハッと目を覚ますと、隣で美也子が新聞を広げていた。

「ああ……。私……眠っちゃった」

と、頭を振る。

「よく寝てたね」

と、美也子は微笑んで、「体が要求しているときは、ちゃんと寝た方がいいのよ」

「私……どれくらい……」

「三時間くらいかしらね」

「そんなに！　今、この列車は――」

「そろそろ終点だよ。そこからどうするかね」

「私――栄治さんのことが心配で」

「分ってるよ。だけど、確かめようがないからね」

「そうですね」

「ほら、お母さんと娘だろ。忘れないで」

「あ……。ごめんなさい、お母さん」

と言って、紀久子は「お母さん」という言葉がごく自然に言えたのがふしぎだった。

「そろそろ着くよ。──もう真夜中だからね。一旦は降りて駅を出ないと」

「でも、切符が……」

「間違って乗っちゃったって言うしかないよ。駅で泊るにゃ寒いし」

「ええ。どこかに泊る？」

「まあ、ちょっとした町だからね。駅の辺りに、安いホテルぐらいあるだろ」

そう言って、美也子は欠伸をした。

──列車を降りると、二人は改札口を出た。

夜遅いせいか、駅員がいないので、そのまま外へ出た。


電話ボックスがあった。紀久子は足を止めて、

「私──店に電話してみたいんだけど」

「大丈夫なの？」

「使用人の寝間の廊下に電話があって、それなら、父や番頭さんは出ないから」

「最近は何とかいう──携帯電話だっけ？　あんなのを持ち歩いてる奴がいるね。あんたの所は？」

「父だけが持ってた。半年ぐらい前かな。手に入れると、嬉しいらしくて、用もないのに知り合いに電話しまくってた」

「東京にでも出れば、たぶん大勢持ってるんじゃないの。──じゃ、そこの公衆電話でかけてごらん」

「はい。小銭は持ってるんで」

電話ボックスに入ると、紀久子は十円玉を何枚

か入れて、店の奥の電話番号へかけた。

すぐに出て、

「はい。――もしもし?」

「良子ちゃん? 私、紀久子よ」

「まあ、お嬢様!」

「しっ! 他の人に聞かれないで」

「はい。大丈夫です。みんな駆り出されて、ほとんど誰もいません」

「そう。あのね、小山栄治のことだけど」

「栄治さんと一緒ですって、本当なんですね! 凄いなあ」

「ね、栄治はどうなってる? 見付かった? 私、はぐれちゃったので」

「そうですか。いえ、まだ見付かってません。旦那様の怒鳴り声がずっと聞こえてますけど、まだ見付かってないんですよ」

「良かった! 栄治が無事なら」

と、紀久子は息をついた。

「これからどうなさるんですか?」

「考えるわ。でも、もう二度と家には戻らない」

紀久子はきっぱりとそう言った。

2 突発事

宿は、あるにはあった。

しかし、その古ぼけた旅館を見た大堀美也子は呆れたように、

「まだ建ってたんだね。このオンボロ旅館が」

と言った。

「泊ったことがあるんですか？」

と、紀久子は訊いた。

「何十年も前にね」

と、美也子は肯いて、「旅館の主人はとっくに生きちゃいないよ。――ともかく他を捜すのは大変だ。ここに泊ることにしようかね」

「はい、お母さん」

「寝られりゃいいだけだからね」

引き戸を開けて、「――誰かいる？」

と呼ぶと、少し間があって、

「はあい」

と、返事をして、太った中年の女将が出て来た。

「二人だけど、ひと部屋でいいよ」

と、美也子は言った。

「お泊りですか？　ひと晩？　もう食事は出ませんけど」

「必要ないよ。寝られりゃいい。風呂のある部屋は？」

「ええ、ありますよ。風呂付きでなきゃ、今は泊る人もいませんよ。――じゃ、こちらへ……」

玄関を上った所で、〈宿泊カード〉を記入する。美也子は適当な名前で親子と書いておいた。

「じゃ、どうぞ」

二階へ上る階段もミシミシ音をたてる。

「布団は自分で敷くからいいよ」

と、部屋へ入って、美也子は言った。「先払いしといた方がいいだろうね」

「そうしていただけると。明日朝はお早いんですか？」

「まあ、適当に起きるよ」

「目覚し時計がそこに。お風呂はしばらく出しとかないと、湯になりませんけど、故障じゃありませんから」

女将が、「それじゃ、ごゆっくり」と出て行く。

「——あんた、先にお風呂へ入りな」

と、美也子が言った。「その間に布団を敷いとくから」

「とんでもない！」

紀久子は押入れを開けて、布団を出し始めた。

美也子は風呂に湯を入れに行く。

「——本当に、やっとお湯になったわよ」

と、浴室を出て来たときは、もう紀久子が布団を二組、敷き終えていた。

「紀久ちゃん、あんた、先に入っておやすみ。私は後からのんびり入るよ」

「それじゃ、お先に」

栄治がうまく逃げたらしいと分って、紀久子は安堵していた。

無理をして造ったのだろう、狭い浴室だったが、それでも服を脱ぎ、裸になって熱い湯に体を沈めると、紀久子は生き返ったような気分だった。

そう。——これから、きっと何もかもうまく行く。そんな気がして、小さな湯舟に、膝を立てて顎まで沈むと、ホッとして目を閉じた……。

「おい」

旅館の女将が階下へ下りて行くと、奥から白髪になって、それもほぼ禿げた老人が出て来た。

「父さん、どうしたの？　まだ起きてたのかい？」

「今の客だが……」

「どうかしたの？」

「ああ。あの声に聞き憶えがある」

「へえ。耳が遠いのに？」

「うるせえ」

と、顔をしかめる。

そして奥へ入って行くと、電話をかけようと受話器を上げたはいいが、

「あれ？　――何番だったかな」

と、首をかしげた。


風呂を上ると、紀久子は旅館のすり切れたような浴衣を着て、

「気持が良かった！」

と、息をついて、「じゃ、先に寝ますね、お母さん」

「ああ。私はどうせ朝早く起きるからね」

と、美也子は言った。「ゆっくりおやすみ」

「はい。おやすみなさい」

紀久子は、布団に入ると、そっと、「栄治さん、おやすみ……」

と呟いて、深く息をつくと、目を閉じた……。

そして――もちろん疲れてはいたが、列車の中で眠ったせいもあるだろう、紀久子が目を覚まして、目覚し時計を見ると、六時を少し過ぎたところだった。

「ああ……」

布団の中で伸びをして、紀久子は起き上ったが
――。

「え?」

並べて敷いた布団に、美也子の姿がない。寝た様子もなかった。

いくらのんびり風呂へ入っているといっても、朝の六時だ。

「――お母さん」

と、立って浴室の戸を開け、息を呑んだ。

狭い洗い場に、美也子が裸で倒れていたのだ。

「美也子さん!」

紀久子は駆け寄って、美也子の体を抱き起こした。「どうしたんですか!」

体は冷え切っていたが、美也子は荒く息をした。

しかし、手足が思うように動かないらしく、紀久子にしがみつこうとしても、手に力が入っていなかった。

そして、半ば開いた口からは、

「う……あ……」

と、呻き声が洩れるばかり。

目は辛うじて紀久子を見分けているようだった。

「しっかりして! 今、救急車を呼んでもらいますからね!」

紀久子は必死で美也子の体を引きずって、何とか畳の上に出すと、裸の上に布団をかけ、部屋を飛び出した。

「――大変です! 救急車を早く!」

と呼んで階段を駆け下りる。「起きて! 誰か!」

そして、紀久子は立ちすくんだ。

玄関を入った所に、男が立っていた。

分厚いコートを着て、ボタンをきっちりととめ

ていた。六十は過ぎていようが、恰幅のいい、ふしぎな落ちつきを感じさせる男だった。

しかし、今の紀久子には、そんなことはどうでも良かった。

「女将さん！」

と、大声で呼んで、「倒れたんです！　母が倒れてるんです！　救急車を呼んで下さい！」

女将は出て来たものの、紀久子よりも、玄関先に立っている男の方へ、

「あの……」

と、声をかけようとした。

「蔵原だ」

と、その男が言った。「その娘は──」

「あの──お客様の……」

「美也子の娘か？」

その言葉に、紀久子はびっくりした。

「母を──ご存じですか」

「大堀美也子だな」

「はい……」

「美也子に娘がいたのか。息子がいたことは知ってるが」

「あの──どなたか存じませんが、母は倒れて動けないんです。たぶん、様子からみて、脳の出血だと思います。一刻を争うんです。女将さん、救急車を」

「待て」

蔵原と名のった男は玄関から上ってくると、

「こんな所では救急車はすぐには来ない。おい！」

後ろへ声をかけると、男が三、四人、ダダッとなだれ込むように入って来た。

「二階だな？　三枝、一緒に来い」

「待って下さい！」

紀久子の声など無視して、蔵原は、三枝という男を従えて階段を上って行く。

追って行こうとする紀久子の腕を、女将がつかんで、

「じっとしてた方が──」

「放っておけません！」

紀久子は女将の手を振り切って、階段を駆け上った。美也子は裸のままだ。

「待って下さい！」

二階へ上ったとき、もう二人の男は部屋の中へ入っていた。

紀久子は入口で足を止めた。──美也子は必死の思いだったのだろう。裸の上に浴衣をまとって、半身を起そうともがいていた。

「お母さん！」

紀久子は美也子を抱き起こした。

「──確かに、美也子だ」

と、蔵原は言った。「俺だ。憶えているか」

美也子は口を動かしたが、声は出なかった。

「早く病院へ！」

と、紀久子は蔵原をにらんで、「母を死なせるつもりですか！」

「分った」

と、蔵原は言った。「三枝、美也子を抱えて下ろせ。車で病院へ運ぶ」

「はい」

がっしりした体格の三枝という男は、「任せなさい」

と言うと、美也子の体を両腕にのせるようにして抱き上げた。

蔵原は紀久子へ、

「この辺の病院では診られないだろう。車を飛ば

して大きい病院へ連れて行く」

「はい」

「仕度して来い」

蔵原が出て行く。——紀久子は、どうしていいか分らなかったが、ともかく今は美也子を病院に連れて行くのが第一だ。

大急ぎで服を着ると、美也子の小さな荷物を抱えて、階段を下りて行った。

旅館を出ると、大型の外車が停っていた。

「後ろへ乗れ」

蔵原はそう言って、自分は助手席に座った。

美也子は後部座席のシートに寝かせられていた。

「しっかりして！」

紀久子は美也子の手を握った。握り返してくる手の力に、「すまないね」という美也子の思いが感じられた。


「飛ばすぞ」

と、蔵原が言うと同時に、車が走り出すと、一気にスピードを上げて、たちまち小さな町を駆け抜けて行った。

——どうなるんだろう？

蔵原はどういう男なのか。美也子はあの旅館に何十年か前に泊ったと言っていた。

だが——ともかく、今は美也子を見捨てるわけにはいかない。

美也子の娘、ということで通すしかないだろう。

車は、怖いようなスピードで、早朝の道を突っ走って行った……。


「妙だな……」

大堀広は首をかしげた。

「どうしたんですか？」

と、小山栄治は訊いた。

「いや……お袋から何の連絡もないっていうんだ。そんなわけはないいんだが」

——栄治と広は、東京に着いていた。

とりあえず、小さなビジネスホテルに泊ることにして、美也子からの連絡を待とうという話になったのだが……。

「まあ、昼飯でも食おう」

「はあ」

兄弟ということにしても、やはり栄治はそういう口はきけない。

「今のところ、警察の手が回ってる様子はない」

と、昼に丼物を食べながら、広は言った。

「どこにいるんでしょうね」

「お袋のことだ。ちゃんと考えて行動してると思うけどな」

「——すみません。僕らと係ったばかりに」

「仕方ないさ」

と、広は首を振って、「お袋が言った通り、これも何かの縁だろ」

栄治はちょっと周囲を見て、

「——何をやって追われてるんですか？」

と、小声で訊いた。

「おい……。お前は素人だ。それに、これ以上一緒にいるとやばいかもしれない」

「でも、お母さんと——」

「分ってる。しかしな、俺とお袋のことは知らないことにした方がいい。お前のためだ」

広はそう言って、「どこか行くあてはあるのか？」

「いえ、突然のことだったんで、何も考えてなくて」

「そうか。しかし、俺と一緒にいると、手が回ったときに、巻き添えを食うぜ」

「それは……。僕が一緒だと、足手まといですよね」

「ともかく、住み込みで働ける所を捜して、そこへ俺が連絡を入れるようにする。まあ、今日明日くらいは、あのビジネスホテルで泊っていればいい。求人広告を捜して、まず仕事を見付けることだな」

「はい」

食べ終えて、店を出ると、

「俺はちょっと行く所があるんだ」

と、広が言った。「お前、ホテルへ先に戻っててろ」

「え……。でも……」

「子供じゃねえんだ、一人で帰れるだろ」

「ええ、もちろん。それじゃ……」

「もしかすると、今夜はホテルへ帰れねえかもしれないぜ。晩飯代くらいは足りるだろ」

「大丈夫です。じゃ、僕も少し歩いてみて、仕事がないか、見て回ります」

「そうしろ。東京は広いぜ。迷子になるなよ」

そう言って、広はちょっと笑うと、人ごみに紛れて行った。

栄治にも分る。女の所へ行くのだ。

おそらく、東京へときどき仕事でやって来たときに会う女がいるのだろう。

「紀久子ちゃん……」

思いがけない成り行きで、こうなってしまったが、あの美也子という人は、紀久子のことを心配してくれていた。

そうだ。広が行くなじみの女の所にでも、連絡しているかもしれない。

栄治は地下鉄の入口を見付けて、階段を下りて行った。——どこへ行くというあてはないが、新宿、渋谷とか、盛り場と呼ばれる辺りでは、仕事があるかもしれない。

栄治は路線図を眺めて、その複雑さに目を丸くしながら、ともかく切符を買うことにした……。


広は、そのアパートを見付けるのに、少し手間取った。

この一年ほど来ていなかったのだが、周りの様子がすっかり変ってしまっていたのだ。

ゆうべの内に電話を入れておいたから、待っていてくれるはずだ。

「ここは相変らずボロだな」

と呟きながら、アパートの階段を上って行く。

女はアケミという名で店に出ているホステスだった。広より三つ四つ年上だったが、まだ三十と少し。肉感的な魅力のある女だった。

玄関のドアを叩くと、ガタガタと音がして、ドアが開いた。

「やあ」

と、広はニヤリと笑って、「変らねえな」

「あんたもね」

と、アケミは言った。「ちょっと出かけるの」

「何だよ、俺が来たのに?」

「急な用事でね。すぐ戻るから、ビールでも飲んでて」

「分ったよ。すぐだな?」

「ええ」

アケミはせかせかと出て行った。

肩をすくめて、広は部屋へ上ると、冷蔵庫を開けて缶ビールを取り出して飲んだ。

狭い和室だが、ベッドが入っている。

広はベッドに横になって、

「妙なことになったな……」

と呟いた。

母親のことはあまり心配していなかった。

そう。母さんはいつでも頼りになる。母さんに任しときゃ、心配ない。

玄関に音がして、

「何だ、いやに早いな」

と、起き上ると、

「久しぶりだな」

白い上着の男が、広を見て、ちょっと首をかしげると、「兄貴がお前に会いたがってる。一緒に来い」

と言った。

広はベッドから下りると、

「克二さん……」

と、目を見開いて、「どうして……」

「このところ、アケミは兄貴と仲が良くてな」

「アケミが……。そうか」

「丹波の兄貴が待ってる。来い」

克二の後ろに、若い男が二人立っていた。

逃げられない。――アケミが、ゆうべ電話に出たとき、そばに誰かいるような気配があったのだが、まさか……。

「分りましたよ」

と、広は背筋を伸した。

「お袋さんはどうした?」

「ちょっとわけがあって、別行動なんで」

「珍しいな。――まあいい」

克二の目つきに、広は不穏なものを感じたが、今は仕方ない。
促されるままに、アケミのアパートを出て、広は停っていた車へと乗り込んだ。

3　選択

「どこへ行くんですか?」

大堀広は思わずそう訊いていた。

「着きゃ分る」

と、愉快そうに言ったのは、克二——日野克二という男だ。

以前に広が見たときと比べると、着ている物も上等で、「兄貴分」の一人になっているらしい。

ここ何年か会っていなかったので、克二の様子が変っていることには驚かなかったが、広は思ってもみない所へ連れて行かれたのだ。

これまでは、どこかの古い雑居ビルの中の〈組〉の事務所か、風俗店の二階といった辺りが、克二の言う「丹波の兄貴」の根城だった。しかし、今、広が車を降りて入って行ったのは、超高層とまではいかないものの、二十何階建だか、結構な高さのモダンなオフィスビルだったのである。

こんな所に、丹波がいるのか?

エレベーターの前のパネルを見ても、このビルにいくつもの企業が同居しているのが分る。

中には、TVのCMなどで名前を見る企業もあり、別に〈組〉関係の企業ばかりとも思えない。

エレベーターに乗り込むと、克二が言った。

「今はな、俺たちもれっきとした株式会社なんだ。〈K商事〉って名でオフィスを構えてる。このビルの三フロアを使ってるんだぜ」

「へえ……」

広としては、ただ啞然とするばかりだ。

〈K商事〉は二十七階建のビルの二十四から二十六階を使っているのだった。

途中のフロアでエレベーターが停ると、事務服を着た女性が何人か乗って来て、一つ上のフロアで降りて行った。

ごく普通の会社員と一緒になるわけで、克二などが、見るからに怪しげな様子でないのはそのせいだろう。一見して裏社会の人間と分るようでは、居づらくなる。

二十四階で扉が開くと、エレベーターを降り、ツルツルの床に滑りそうな気さえしながら、歩いて行く。

チラリとオフィスの中が見えた。ごく当り前に、机が並んでいて、事務服の女性社員も目に入った。

「ここだ」

と、克二が足を止めたのは、曇りガラスのドアの前で、〈専務室〉と文字が読めた。

中へ入ると、女性が一人で机に向っている。

「専務はいるか」

と、克二が訊くと、スーツ姿の女性は顔を上げ、机の上のボタンを押して、

「日野様です」

と言った。

「入れ」

と、返事があった。

ドアを開けると、中は広い部屋で、応接セットの奥に、机に向っている男がいた。

「——広か。久しぶりだ」

と、男は言った。

確かに、見覚えのある、丹波だった。

「どうも……」

と、広は呟くように言った。

「狐につままれたような顔してやがる」

と、丹波は笑って、「どうだ、俺の秘書はなか

なか美人だろう」

広はちょっと息をついて、

「まさか専務さんにお会いするとは思ってませんでした」

と言った。

「アケミを恨むなよ。実は女房が車の事故で死んじまってな、アケミに代りを頼んでたんだ。身内以外の葬式とかに、一緒に行ってな。その内に……」

「別にいいです。アケミさえ良きゃ、それで……」

「まあ、かけろ」

広は、こうして堅気のオフィスのようにしつらえてはあるが、中身まで変っているわけはないと分っていた。

克二が腕組みして、見張るように立っているのを見ても分る。

丹波泰は四十前後だろう。頭が切れると評判で、若くして幹部に上りつめた。

「広、お袋さんはどうした」

と、丹波は言った。「いつも一緒じゃないか」

「マザコンじゃねえですよ。今は別行動で、こっちで落ち合うことに……」

「珍しい話だな」

丹波の口調がガラリと変って、「金は美也子が持ってるのか?」

と、広を真直ぐに見据えた。

「——金、ですか」

広は焦る様子は見せず、「何の金のことですか?」

「とぼけたってだめだ」

と、丹波は言った。「お前らがやったパチンコ屋の裏金はな、うちの親分の――いや、うちの社長の従兄が仕切ってたんだ」

「はあ……」

「防犯カメラで、いい年齢《とし》の女と若い男が映ってる。すぐにピンと来たぜ。八百万はあったはずだ。耳を揃えて返しゃ、命は助けてやる」

広も、十代からこういう世渡りをして来た。交渉の余地のある話かどうか、判断はつく。この場合、交渉の可能性は――ゼロだ。

「――分りました」

と、広は座り直して、「確かにお袋と俺の仕事です」

「素直でいい」

「ですが、八百万はありませんでした。五百何十万かで。本当です」

盗まれた額を大げさに言うのは、よくあること

だ。丹波も分っているようで、

「それならそれでいい」

「俺は二百しか持ってません。残りはお袋が」

「じゃ、お袋さんから受け取って来い」

「分りました。ただ――今、別行動してるんで、連絡が……」

「そうか」

克二がスッと広の後ろに立った。広は首筋に冷たいものが当るのを感じた。刃物だ。

「俺たちをなめるなよ。株式会社になったからって、中身は変らないぜ」

「本当なんです。お袋から必ず連絡が来るはずなんで……」

「お前、今はどこにいるんだ」

「ビジネスホテルです。そこに伝言が――」

「お前の金はそこにあるのか」

「そうです」

「持って来い。克二、一緒に行け。下手な真似したら容赦するな」

「承知してます」

広は冷汗を拭って、

「もうお袋から何か言って来てると思うんで――」

と、立ち上りかけたが、

「待て」

と、丹波が言った。「克二、お前一人で行って来い。ホテルの鍵を渡せ」

「ですが……」

「早くしろ」

同じことを二度は言わない男だ。広はホテルのカードキーをあわてて克二へ渡した。

「金はバッグの底に……」

「伝言はフロントか」

「そうだと思います」

「行って来い」

と、丹波は克二へ言って、「こいつは地下の倉庫へ入れとけ」

「分りました」

否も応もない。〈専務室〉を連れ出されると、エレベーターで地下一階へ。

倉庫が並んでいて、〈K商事〉のドアを開けると、克二が広を中へ突き飛ばした。

ドアが閉って、鍵がかかる。――広は暗闇の中に取り残された。

「――しまった」

忘れていた！　あの栄治がいる。

「いや……大丈夫だろう」

と、広は呟いた。

栄治は職捜しに行っているはずだ。克二と出くわすことはあるまい。

「畜生……」

あの丹波の言う通りなのかどうか。ともかく、美也子と広のやったことだと知れてしまった以上、金は巻き上げられても仕方ない。

だが、広はそう心配してはいなかった。金さえ、そっくり渡せば、何とか無事でいられるだろう。

警察に追われることになったら、という心配はあるが、あれが「裏金」だったとすれば、盗られた方も騒ぎたくないかもしれない。

うまく行けばこのままで……。一文にもならないが、指一本失くすような目にあうよりはましだ。

ドアの外に足音がして、女性たちの笑い声が響いた。

そうか。このビルの他の会社が、やはり倉庫を使っているのだ。

隣のドアが開く音がして、

「明り、点けてよ」

「台車、あった?」

と、声がする。

明り? ——手探りでスイッチを押すと明りが点いた。

段ボールを積み上げた、ごく当り前の倉庫である。——広はホッとした。

こんな所で拷問されることはあるまい。

突っ立っているのも面白くない。——広は近くに積み上げてあった段ボールの一つに腰をおろした。

だが、その段ボールは、ほとんど空だったのだ。広の重みでひしゃげた段ボールは広を乗せたまま引っくり返ってしまった。

「何だ！」

床に転った広は、その勢いで立てかけてあったゴルフのセットを押し倒した。バッグから飛び出したゴルフクラブが派手な音をたてた。

「――何の音？」

と、廊下で女性たちがびっくりしている。

「鍵かかってるけど……」

「でもその中よね」

何でもない、と言おうとしたが、閉じこめられている説明ができない。すると、

「ね、おじさん！　この中で凄い音がしたの！」

「でも、鍵かかってるのよ。中、見た方がいいんじゃない？」

「そうか？　まさか泥棒じゃあるまい」

と、男の声がして、鍵が開いた。

ドアが開いて、作業服の男が中を覗くと、

「あんた、どうしたんだね？」

ここの管理人か何かだろう。広は立ち上ると、

「いや、何でもないんですよ。ちょっと――」

「でも、鍵がかかって、出られなかったんだろ？　誰かが間違ってかけちまったんだね」

「ええ、まあ……」

広は、成り行きで倉庫から出ないわけにいかなくなった。

ま、いいさ。逃げなきゃいいんだろ。

隣を使っている女性社員が、心配して声をかけて来た。「大丈夫ですか？」

「中からは開くようになってるんですけどね、普通は」

「ここはちょっと事情があって……」

まさか、人を閉じ込めるためだとも言えない。

広は、女性たちが、重そうな段ボールを台車に乗

せているのを見て、

「手伝いましょうか」

と、気軽に言った。

「え？　いいんですか？　助かります！」

「いや、出してもらったんで、お礼ですよ」

なかなかモダンなデザインの事務服の女性たちに感謝される。――広にとっては、珍しい体験で、つい笑顔になっていた……。


「運が良かったな」

と、小山栄治は呟いた。

手近な駅に降りて歩いていると、大分古ぼけた二階建の店で、〈店番してくれる人〉という募集の貼り紙があったのだ。

雑貨屋なのだが、客が来るのかと思うような薄暗い店で、年寄りが一人いるだけ。


「女房が老人ホームで、あれこれやかましいんだ。ずっと付いていてやりたいんだが、この店がね……」

店番をしてくれるなら、二階に住んでもいいという。

大した給料ではないが、家賃もなしで住いが得られるとなればいい話だ。

「じゃ、彼女と二人で二階に住み込んでいいんですか？」

「ああ、もちろんだ。俺はホームで暮せるからな。一応、風呂もある。良かったら、いつでも越しといで」

「ありがとうございます！」

紀久子に連絡が取れたら、きっと大喜びするだろう。古いといっても一軒家だ。

仕事を見付けるのに何日かかるか、と思っていたのに、ほんの数時間で決ってしまった。

「やっぱり東京だな」

と、浮き浮きした気分で、栄治はホテルへ戻って行った。

歩き回って、少し腹が空いたので、駅前の立ち食いソバを食べた。これがしっかりおいしいのだ。

それにしても、周りを見ると、五分ほどで食べてサッといなくなるサラリーマンの多いこと！　あれが都会のスピードなのだろうか。

広は帰っていないだろう。女の所で、たぶん泊るつもりだろうから。

ただ——紀久子と大堀美也子がどこにいるのか。もちろん向うは東京でのビジネスホテルを決めてあったので、連絡先は分っているわけだ。

あの美也子さんって、頼りになりそうな人だったな……。

ともかく、紀久子と二人で生活を始められる。その思いで、栄治はスキップでも踏みそうな気分だった。

フロントで、伝言が来ていないか訊いたが、何もなかった。

ちょっとがっかりしたが、仕方ない。広が戻れば何か分るかもしれない。

エレベーターはガタガタと音をたてる。そののんびりとした感じが、栄治には心地良かった……。カードキーというのも、栄治には目新しかった。こんな鍵があるんだ。

部屋のドアを開けると——栄治は立ちすくんだ。白い上着の男が、部屋の中に立っていた。

「あの——」

これはまともな状況じゃない、と栄治にも分った。

その男は右手に鋭いナイフを持ち、左手は広の持っていたバッグをつかんで、それを切り裂いていたからだ。

ナイフを持った男も、誰かがやって来るとは思ってもいなかったようで、しばらく栄治を見て、言葉を失っていた。

「――お前、何だ」

やっと口を開くと、「この部屋に――大堀と一緒なのか」

「そうです」

と、栄治は肯いた。「それは広さんのバッグ――」

男が切り裂いたバッグから、パラパラと一万円札が床に落ちた。

「仲間がいたのか」

と、男は言った。「広の奴は、そんなことは言ってなかったぜ」

「いえ、あの――たまたまご一緒しただけで」

と、栄治は言った。「仲間とか、そんなわけじゃないんです」

といって、簡単には説明できない。

「広さんはどうしたんですか?」

栄治は、ドアを開けたまま、突っ立っていた。どうしていいか分らなかったのだが、そのとき――。

栄治を押しのけて、コートをはおった小柄な白髪の男が、部屋へ入って来た。

「やあ、克二」

と、その男は言った。「その金はどうしたんだ?」

「あんたは……」

「忘れちゃいないだろ。富田だ」

一体何が起っているのか、さっぱり分らず、栄治は呆然とその様子を眺めていた。

しかし、二人の話からすると、どうやらこの富田という白髪の小柄な男は刑事らしい。そして、克二と呼ばれた男は、大堀広が金を盗んだことを知っていて、それを取りに来た、ということだと思えた。

しかし、いずれにしても栄治とは関係のない話だ。栄治は巻き添えになるのもかなわないので、狭い部屋の中、壁際に身を寄せていた。

すると、富田が、ベッドのそばの小さなテーブルに置いてあった電気ポットをつかんで、克二に向って投げつけたのである。それが、おそらく本人も想像していなかっただろうが、克二の頭にまともに当った。

そして中の熱湯が克二の顔にかかったのだ。


「お前……」

と、克二という男が、栄治をにらんで、「こいつを連れて来たのか!」

「え?　いえ、そんな……」

栄治はわけが分らなかった。

しかし、克二はバッグを白髪の男へと投げつけると、ナイフを振り回して、ドアへと駆け出していた。

富田という男は、克二がやけになって振り回すナイフをあわててよけると、

「よせ!　逃げられやしないぞ!」

と怒鳴った。

「それなら止めてみろ」

と、克二は笑って、「お前みたいなポンコツに捕まえられやしねえぞ。けがしねえ内に、お前こそ逃げろ!」

ギャーッという叫び声を上げて、克二はよろめいた。

「野郎……。やりやがったな！」

怒りに声を震わせて、克二はナイフを構えると、富田へと向って行った。

「待て！　やめろ、克二！」

富田も焦っていた。狭い部屋で、自由に動けるスペースがない。富田が、栄治の立っている方へと椅子を押しやって逃げて来た。

富田が、床を這ったコードにつまずいて前のめりになった。

克二がナイフを振り上げて、富田へと襲いかかる。――とっさのことだった。

このままでは、富田はまともに刺されてしまう。自分に関りないとは思ったが、栄治は傍から、

「やめなさい！」

と、手を出して、克二の腕をつかんでいたのだ。

栄治のことなど眼中になかった克二が、びっくりして一瞬動きを止めた。富田が起き上ると、ドアの方へと駆けて行く。

「――邪魔しやがって！」

克二が怒鳴ると――栄治の手を振りほどいた。

そして、ナイフは栄治の腹を突き刺していたのだ。

どうしたんだ？　これって――血が出てる？

それもこんなに噴き出るように。

栄治はよろけたと思うと、そのまま床に倒れた。

紀久子。――どこにいる？　迎えに来てくれ、紀久ちゃん！　僕はここだ！

「――おい！　しっかりしろ！」

誰かが耳もとで怒鳴っていた。「すぐ救急車が来るぞ！」

僕はどうしたんだ？　痛い。痛いけど、それよ

りも何も見えなくなるのが怖い。

どうなってるんだ?

「紀久ちゃん……」

と、自分の言っている声が聞こえた。

そして、それきり栄治は何も分らなくなってしまった……。

4　絆

「今のところ、薬で状態は安定しています」

と、若い医師は言った。

「それで――母は回復するんでしょうか？」

と、紀久子は訊いた。

「それはちょっと……」

「脳梗塞って、時間との競争だって聞いたことがあります。手術しないといけないんじゃないんですか？」

紀久子の質問に、医師は困ったように、

「それは確かにその通りです」

と言った。

「でしたら、ぜひ手術を――」

「それが、うちの病院では無理なんですよ」

「でも――」

「脳外科の専門医がいません。それに、対応できるスタッフも……」

「それじゃ、どうすればいいんですか？」

「この辺で、その手術をできるのは、県立病院くらいでしょう。少し遠いですが」

「でも、そこで手術すれば……」

「後遺症は残るでしょう。しかし、リハビリで少しは回復することも……」

「県立病院へ移すようにできます？」

「手配することはできますが、向うがすぐに受け入れてくれるか分りません」

「頼んで下さい！　お願いします！」

「分りました……」

医師は、紀久子の勢いに押されて、渋々という様子で奥へ入って行った。

蔵原が大堀美也子を運んで来たのは、「この辺では一番大きな」病院ではあったが、かなり古く、緊急の事態に対処できるようではなかった。

「――大変だな」

と言ったのは、美也子を抱えて来てくれた三枝という男だった。

蔵原は、紀久子たちをこの病院で降ろすと、三枝に、

「お前、後をみてやれ」

と言って、行ってしまったのだ。

「母を運ぶことはできますか？」

と、紀久子は三枝に訊いた。

「タクシーを呼んでもらうか……。県立病院までは一時間くらいかかるぞ」

「そんなに……。でも、放ってはおけません」

「気持は分るがな……。タクシーで連れてくったって……」

「寝かせて行った方がいいですよね。あの――さっき、ここまで乗って来た蔵原さんの車をお借りできませんか？」

三枝はちょっと言葉に詰って紀久子を見ていたが、

「――連絡してみよう」

と言った。「待ってろ」

三枝が、病院の玄関近くの公衆電話へと向うのを、紀久子は祈るような思いで見ていた。

「大堀さん？」

と、中年の看護師が呼んだ。

「はい」

「娘さん？　お母さんが呼んでるみたいよ」

「ありがとうございます！」

飛び立つように、美也子が寝かされている診察

室へと急いだ。

ベッドの上で、美也子は目を開けていた。

「——どうですか？　今、大きな病院で手術を受けられるように頼んでます」

と、そばへ寄って、紀久子は抑えた声で言うと、美也子の手を握った。

美也子は何か言おうとして、口を開いたが、出るのは呻くような声だけだった。

「きっと大丈夫です。私、ついてますから！」

と、紀久子が握った手を、美也子はやや力を入れて握り返して来た。

そして、枕の上で、頭を小さく左右に動かした。

「美也子さん……」

「は……早く……」

という言葉が聞き取れた。

「早く？　ええ、早く手術を——」

美也子が苛々と首を振った。

「美也子さん——」

「早く……逃げて」

絞り出すような言葉だった。

「逃げるなんて、できないわ。美也子さんを置いて逃げることなんか……」

「いいから……逃げて……」

と、必死にくり返した。

「そんなこと……。お母さんだって言ったのに」

美也子の口もとに、わずかながら、笑みが浮んだようだった。そして、礼を言うように、小さく何度も肯いた。

そして、紀久子の握っていた手を離すと、早くあっちへ行けというように手を振った。

「だめよ。美也子さんを見捨てて行けない」

美也子は苛立つように呻いた。そして、頭が痛むのか、ギュッと目を閉じて唇をかみしめる。

「痛むの？　薬が……」

そこへ、

「おい」

と、三枝がやって来た。「蔵原さんの車が来る」

「ありがとう！　あの——母をストレッチャーに乗せて運ばないと」

紀久子は廊下へ出て、看護師を捜したが、見当らない。

「どうなってるの！　ひどいわ、放っとくなんて！」

紀久子は悔しさに涙ぐんでいた。

三枝が、美也子を毛布でくるんで、両手で抱えて来た。

「この方が早い。車はすぐ来る」

「ええ。それじゃ、私——」

紀久子は玄関へと走った。

外へ出ると、あの大型の外車がやって来るところだった。

ドアが開くと、蔵原が降りて来た。

「車をすみません」

と、紀久子は礼を言った。

家で寛いでいたのだろう、和服を着た蔵原は、腕組みして、

「県立病院なら、顔がきく。一緒に行ってやる」

と言った。

「ありがとうございます！」

紀久子は頭を下げた。

三枝が美也子を運んで来る。

「お母さん！　しっかりして！」

紀久子は美也子の手を取った。しかし、美也子が蔵原を見て、息を呑む様子には気付かなかった

……。

「親父さん」

と、廊下を足早にやって来た男が、椅子にかけている富田へ、声をかけた。

「牧田か。克二の奴は見付かったか?」

と、富田が訊く。

「いえ、まだです。心当りには人をやってますが。――どうですか、刺された人は?」

「うん……。まだ若い。何とか助かってほしいが」

と、富田はため息をついた。「お前の言うことを聞いとくんだったな」

「そうですよ! 一人で日野克二をつけ回したりして。あいつ、カッとなると何をやらかすか分らないんですから」


と、牧田刑事は、富田と並んで腰をおろした。

「俺も、もうちっと若けりゃな……。膝が痛んで、思うように動けないんだ」

――富田建一はM署の刑事である。五十二歳。部下の牧田の言葉のように、部下からは「親父さん」と呼ばれている。

「あの金のことは何か分ったか」

と、富田が言った。

「いいえ。でも、バッグの底に隠してあったんですから、まともな金じゃないのは確かですね」

「ああ。克二が取りに来てたってことは、例の何とかいう会社の丹波が知ってるはずだ」

「〈K商事〉ですね。全くふざけた話だ」

「丹波に話は?」

「出張中で連絡が取れないそうです」

「出張か。大方、どこかの女の所だろう。見張らせろ。克二もきっと連絡してくる」

「分ってます」

と、牧田は肯いて、「手配はしてあります」

「よし。――しかし、あの刺された若者だが、盗みをやりそうにゃ見えないな」

「身許の分るものを持ってなかったんですよね。しかし、ホテルの部屋を借りたのは、もっと年上の、別の男だそうです。〈田中〉って名ですが、本名じゃないでしょう」

「うむ……。あのホテルの部屋の指紋を採って、記録と当ててみろ」

「分りました」

そこへ看護師が一人、足早にやって来て、

「警察の方ですね」

と言った。

「そうです。具合はどうです?」

と、富田が訊く。

「まだ何とも。出血が多くて、危険な状態です」

「輸血は――」

「今、輸血用の血液が不足しているんです。どなたか同じ血液型の方がおられたら――」

「分りました! 牧田、署へ連絡して、全員の血液型を申告させろ!」

「分りました! すぐに!」

牧田は駆け出して行った。

「血液はいくらでも提供します! あの若者を助けてやって下さい!」

と、富田は力をこめて言った。


どうしたらいいんだろう?

――紀久子は、迷っていた。

蔵原の車で運ばれた美也子を、県立病院では待機していて、すぐに手術の準備に入っていた。

ここに顔のきく蔵原が、前もって連絡しておいてくれたのだ。

さすがに新しい立派な病院で、対応も手早かった。

今、美也子は脳のCTを撮りに行っている。

——やっと少し落ちついて、紀久子は自分のことを考えられるようになった。

前の病院で、美也子が必死に、「逃げろ」と言ってくれたことは分っている。

母と娘ということにしてあるが、実際には縁もゆかりもない二人である。

美也子が紀久子に「逃げろ」と言うのは当然だろう。このままずっと美也子のそばについているわけにはいかないのだ。

美也子の息子と一緒の栄治と連絡を取って、落ち合わなくてはならない。

大堀広にどうやって連絡したらいいのか、見当もつかない。広も、まさか母親が倒れたとは想像もしていないだろう。

広と栄治がどこにいるのか、美也子に訊くしかないが、美也子の荷物を調べても、息子と二人、どこに行くつもりだったのか、分るようなものは何もなかった。

手術となれば、一日二日は話もできまい。そして、意識が戻るのを待つ間、どうしていればいいのか……。

美也子のバッグの中に、多少の現金は入っていたので、どこかこの近くの宿を見付けて泊ることはできるだろう。

でも、美也子は真剣に「逃げろ」と言った。

それはどういうことなのだろう?

「――おい」

顔を上げると、三枝が立っていた。

「あ、どうも……。ありがとうございました」

と、紀久子は立って頭を深々と下げた。

「いや、礼なら社長に言ってくれ」

「すみません！　蔵原さんに、ちゃんとお礼を申し上げなくて。母のことを助けて下さって……」

「それはいいが……」

三枝はちょっとためらってから、「お前、母親から何も聞いてないのか？」

と言った。

紀久子は戸惑って、

「それは……どういう意味ですか？」

「つまり――昔のことだ。お前が生まれる前の……。蔵原さんとお前のお袋さんのことだ」

もちろん、知っているわけはない。しかしあれほど美也子が必死で「逃げろ」と言っていたのは……。

「知りません」

と、紀久子は言った。「話して下さい」

電話が鳴った。

誰もがハッと息を呑んだ。――ソファでウトウトしていた富田が目を覚まして、飛びつくようにして受話器を上げた。

「牧田です」

「ああ、俺だ。それで……」

「あの若いのは大丈夫です！　助かりました」

「そうか！」

富田は捜査課のフロア中に聞こえるような声で、

「おい！　みんな！　助かったぞ！」

と言った。

歓声と拍手が起った。

――富田の代りに刺された栄治は、長い手術の末、命を取りとめた。

富田が声をかけて、署内の人間から血液を提供させた。大量の輸血を支えたのである。

疲労のたまっていた富田は、病院を先に出たが、帰宅せず、M署で待っていた。

病院には部下の牧田が残って、手術の結果を報告してくることになっていたのだ。

そして今……。夜も遅くになって、ようやく牧田から、栄治が助かったという知らせが入った。

「――ああ、俺は帰ってやすむ。牧田、ご苦労だったな」

と、富田は言って電話を切ると、「みんな。――ありがとう。血液を提供してくれた奴には、今度昼飯をおごる」

笑い声が上った。

「親父さん、その若いのは何て名前なんですか？」

と、一人が訊いた。

「それが分らんのだ。まあ、意識が戻れば分るだろ」

「みんなで見舞に行きますよ」

「ワイワイガヤガヤ行ったら、治るもんも治らなくなるぞ」

という声も上って、再び笑いが起った。しかし、ホッとした穏やかな笑いだ。

「俺は疲れたから帰る」

と、富田が大欠伸して言った。

「車で送りますよ、親父さん」

「いや……。悪いな。じゃ、頼むか」

「お宅まで寝て行って下さい」

「そうするか……」

富田はコートをつかんで肩にかけると、「おい、克二の奴がどこに逃げたか、分ったら――」

「すぐ知らせます。必ず見付けますよ」

「頼むぞ……。ああ、眠い……」

富田がフラッと出て行く。車のキーを手にした部下が、

「誰か奥さんに電話しといてくれ。四十分くらいで着くって」

「了解だ」

「それに、克二を見付けても、俺たちで挙げよう」

「分ってるとも！　車は少しゆっくり走らせろよ。親父さんがよく眠れるようにな」

ベテランで人情家の富田は、署内の誰からも慕われて「親父さん」と呼ばれている。

「――まあ、その若いのが死ななくて良かったな」

「どういう素性の奴か知らないが、親父さんの命の恩人だ」

「おい、治療費がうちで出せるように、うまくやっておけよ」

「任せとけ。出金の口実を考えるのは得意だ」

気軽な言葉が飛び交うのも、「名も知らない」若者が、みんなに愛されている富田を救ったからだ。課内には暖かい空気が満ちていた……。


何かあったな。

大堀広は、泊っているビジネスホテルの見える所まで来て足を止めた。パトカーが何台も停っている。

取材のＴＶ局の車も目についた。――一体何が

あったんだ？

いや、もちろん広とは関係ないことなのかもしれない。――だが、やはり金を取りに来た克二が、何か係っている可能性が高いだろう。

もしかすると、あの小山栄治って奴が部屋にいたのかもしれない。そこへ克二が入って行ったら……。

広は、少し離れた喫茶店に入ると、コーヒーを頼んでおいて、店の入口の公衆電話でホテルへかけた。

「田中だけど、伝言は来てないか？」

フロントに訊くと、しばらく返事がなかった。

「――もしもし？」

「大変だったんですよ！」

と、フロントの男が声をひそめて、「今パトカーが」

「うん、表から見た。どうしたんだ？」

「お連れの若い方が刺されたみたいなんですよ」

「何だって？」

広は息を呑んだ。――では、栄治が部屋にいるところへ、克二が入って行ったのだ。

「それで――ひどいのか、けがは」

と訊く声が震えた。

「しかも、そこへ刑事さんが居合せて」

「刑事？」

「刺した人は逃げたみたいです」

「それで……刺された方は……」

「救急車で運ばれましたけど、ともかく凄い出血で。――あれじゃ助からないんじゃないですか」

広は言葉を失った。むろん、何の縁もない栄治だが、まだ十九。――弟のような気がしていた。

「ともかく、もう部屋はひどい状態で」

「申し訳ない。こんなことになるとは思わなかった」

と、広は言った。

「お荷物はもう――」

「うん、分ってる。そっちへ戻るわけにはいかない。伝言はなかったか?」

「ありません」

おかしい。広は、もしかして、母にも何かあったのかと思ったが、調べようがない。

「きっと何か言ってくると思うんだ。悪いが聞いといてくれるか」

「いいですよ。――何日か営業できそうにありません」

と、フロントの男はこぼしたが、前にも泊って顔を知っているので、頼みを聞いてくれているのだ。


席に座って、コーヒーをブラックのまま飲むと、やっと息をついた。

〈K商事〉のビルから、黙って出て来てしまった。刑事が克二のことを知っていたのなら、当然丹波にも話を聞きに行く。

克二を追っているとすれば、広も下手に丹波の所に連絡などできない。

こんなことになったのは、別に広のせいではないが、ああいう連中にそんな理屈は通じない。当然、広にも怒っているだろう。

どこかへ逃げなくては。それもできるだけ遠くへ。

半分以上飲んだコーヒーに、思い切りミルクと砂糖を入れた。

「体に悪いぜ」

と言って、向いの席に克二が座った。

5　閉じた扉

〈手術中〉の赤い文字を、紀久子は廊下の長椅子に座って、じっと見上げていた。

「美也子さん……」

と呟く。

夜なのに、緊急手術を承知してくれたのは幸運だったろう。

「今手術すれば、命は助かります」

と、担当医は言ってくれた。「ただ、色々と麻痺は残りますので、分って下さい」

「よろしくお願いします」

と、紀久子は頭を下げるだけだった……。

ここの病院長を知っているという蔵原のおかげでもあったろう。

看護師がやって来て、

「まだしばらくかかりますよ」

と、声をかけてくれた。「何か食べて来たら？その方が落ちつきます」

言われて、初めて空腹だということに気付いた。

「それじゃ、ちょっと——」

「病院の正面に、セルフサービスの食堂が。深夜のトラックの人が寄るんで、ずっと開いてます」

「ありがとうございます」

美也子の財布を持っている。——紀久子は教えてもらった食堂へ入って、カレーうどんのチケットを買った。

五分くらいで出来たのを取ってくる。

店はドライバーらしい男たちで三分の二は埋っていた。

熱いうどんがお腹に入ると、生きているという感じがした。

——栄治さんはどうしただろう？

一応レシートを財布へしまう。——ふと、束ねて入っているお札に目が止った。

一番外側の札を取り出すと、ボールペンで東京の電話番号が走り書きしてあった。これはもしかして、広の連絡先だろうか？

じっとしてはいられなかった。

店の表の公衆電話で、その番号へかけると、

「こちらは〈東京Pホテル〉でございます」

という録音が流れた。

ここに泊ってるんだ！　紀久子は安堵した。

仕方ない。朝になってからかけ直そう。

それまでに、美也子の手術も終っているだろうし……。

急に体が軽くなったようで、紀久子は病院に戻った。

もちろん、手術はまだ続いていた。

ホッとしたのと、食事をしたせいで、紀久子はいつの間にか長椅子に横になって眠り込んでいた……。


目が覚めて、紀久子はびっくりした。

「眠っちゃったんだ！」

毛布がかけてあった。看護師さんが気づかってくれたのだろう。

「眠れた？」

と、声をかけられて、

「はい。すみません」

外は明るくなりかけていたが——。

「手術はまだ……」

「ええ。脳外科は長くかかるの」

「そうですか。それなのに、私、居眠りしたりして……」

「いいのよ。風邪ひかないようにね。手術は順調よ。あと一、二時間でしょ」

「ありがとうございます」

紀久子はトイレに立って、顔を洗った。

「――そうだわ」

無事に手術が終ったとしても、その後に待っていることがある。

ゆうべ、三枝から聞かされた、蔵原と美也子の間にあった、昔の出来事だ。

三枝は、紀久子が美也子の本当の娘だと思って話してくれたのだが、紀久子は黙って聞いているだけだった。本当は前の日に会ったばかりだとは言えなかった。本当のことを知ったら、美也子に手術を受けさせてくれなくなるかもしれない、という気持もあった。

それにしても……。

二十年前、七歳だった広を連れて旅回りの芝居の一座にいた美也子。

その当時、この辺り一帯の興業を取り仕切っていたのが蔵原だった。座長について挨拶に来た美也子に、蔵原は目をひかれた。

ちょうど三十歳。女盛りとでも言うべき美也子の魅力に、蔵原は夢中になったのだ。

一座は、蔵原が何かと力になってくれて、大いに稼いだ。しかし、美也子には恋人がいたのだ。

同じ一座の役者だったが、まだ新入りで、座長に言い含められれば逆らえない立場だった。もちろん、美也子には辛い状況である。

連日のように蔵原の宴席に呼ばれ、誘われれば拒むことはできない。耐え切れなくなった美也子は、ひそかに恋人と一座を抜けて逃げる決心をする。

しかし、そんな美也子の気持を見抜いていたのが、蔵原の妻、由美子だった。顔役の夫の女遊びには目をつぶっていた由美子も、美也子には本気になっている夫に気付いていたのだ。

美也子を見張らせていた由美子は、恋人と逃げようとするところを捕えて、夫の目の前に突き出した。

だが、美也子の裏切りに腹を立てるだろうという由美子の予想は外れてしまった。蔵原は由美子を殴ったのである。

由美子は怒りに任せて、刃物を持ち出し、夫に斬りつけた。屋敷は大騒ぎとなり、由美子は家に火をつけたのだ。

混乱の中、美也子は広を連れて夜道を逃げた。

恋人は逃げ遅れて火事の中で命を落とした。

屋敷が全焼し、由美子は大火傷を負った。

——蔵原は、火傷でほとんど目の見えなくなった由美子の姿に、我が身の罪を思った。

由美子は一年後に亡くなり、蔵原はもう美也子を捜そうともしなかった……。

——そして二十年。

思いがけない成り行きで、美也子が蔵原と再会することになったのだ……。

——三枝が話してくれた、その過去のいきさつを知ったら、美也子が紀久子に、必死で「逃げろ」と言っていたのもよく分る。

二十年前のこととはいえ、蔵原が美也子のことをどう思っているか、見当もつかない。

「でも……」

今、美也子が手術を受けているとき、逃げ出すわけにはいかない。

「どうしよう……」

手術が早く終ってほしいと思いながら、終るのが怖い紀久子だった。


「仲間がいるのを黙っていたお前が悪いんだ」

と、克二が言った。

「仲間じゃありません。何度も言ってるじゃないですか」

と、広はくり返した。「たまたま一緒に旅してただけなんですよ」

「どっちでもいい。ともかく、そこへ富田がやって来たんだ。知ってるだろ」

「ベテランの刑事ですね。会ったことがあります」

「あいつは富田をかばって逃がした。俺は、富田の代りに、奴を殺したんだ」

と、克二は声をひそめた。

喫茶店で、広のコーヒーは二杯目になっていた。

「――殺したんですか、本当に」

と、広は訊いた。「救急車で運ばれたらしいけど」

「俺の腕を知ってるだろ。間違いなく仕止めた」

まるでハンティングの話でもしているようだ。

克二にとって、「殺し」は珍しいことではない。

だが、あの娘――母、美也子と一緒に行った紀久子に、どう話したらいいだろう？

克二のケータイが鳴った。

「――はい、専務。――そうなんです。想像してなかったもので」

おそらく丹波からだろう。しかし、克二の事情など考えてくれる男ではない。

「――分りました。うまく隠れてみせますよ」

かなりガミガミ言っている丹波の声が洩れ聞こえてくる。

「はい、どうも……」

通話を切ると、克二は舌打ちして、「俺のせいでもねえことで、逃げなきゃならねえなんて」

と、文句を言った。

「俺のことは何か言ってましたか」

と、広は訊いた。

「とんだとばっちりだが、諦めろ」

「やはり逃げなきゃまずいですかね」

「丹波の兄貴を怒らせたら、よほど運が良くないと……」

「どこか地方へ行きますよ」

と、広は言った。「ただ、お袋と連絡が取れないんで」

「どこにいるんだ？」

「それもさっぱり」

克二が呆れて、

「どうなってるんだ？」

と言った。「ともかく、もうこれきり会わないだろうな。――まあ達者でいろ」

克二は自分のコーヒー代を払わずに出て行った。ため息をついて、広は店の支払いをすませて出ると、もう一度、ホテルのフロントに電話を入れた。

「――電話がありましたよ」

と、フロントの男が言った。

「そうか！」

広はホッとした。

「電話番号を聞きました。その旅館にかけてくれと、女の人の声でした」

「分ってる。お袋だ」

「いえ、若い女の方のようでしたよ」

では紀久子か？

ともかく、礼を言って切ると、広は電話ボックスを捜した。

話をするのは気が重い。しかし、放ってはおけないのだ。

電話ボックスを見付けると、広はホテルのフロントに聞いた番号へとかけた……。

病院に近い旅館に入った紀久子は、部屋に入ると、服のまま、敷かれてある布団に倒れ込んだ。

——美也子の手術は成功した。

後遺症は残るにしても、命は助かったのだ。

安堵した紀久子は、ともかくぐったりと疲れて旅館へやって来た。

そのまま眠ってしまいそうだったが、あのお札にメモしてあった〈東京Pホテル〉に電話することは忘れなかった。

いつも〈田中〉という名で泊ると美也子から聞かされていたので、ホテルのフロントにそう言うと、

「今いらっしゃいません」

と言われた。「伝言をお待ちのようで」

フロントの男の言い方に、どこか妙なものを感じつつ、紀久子は旅館の電話番号を伝えてくれるように頼んだ……。

そして——疲れてウトウトしていた紀久子は、部屋の電話が鳴って、飛び起きた。

「もしもし」

「あんたか」

と、広が言った。「お袋は？　連絡がないんで

心配してた」

「実は――美也子さんが倒れたんです」

と、紀久子が言うと、広はしばらく言葉を失っていた。

「もしもし?」

「――ああ、倒れたって、どうして……」

「脳出血を起したんです。突然のことで」

「そんなことが……。で、具合はどうなんだ?」

「手術で、命は取りとめました」

詳しい事情はともかく、助かったということを伝えた。

「そんなに危なかったのか。だけど……」

と言いかけて、広は口ごもった。

「栄治さんはそこにいます? 代って下さい」

と、紀久子は言った。

「いや、それが……」

と、広はためらって、「なあ、落ちついて聞いてくれ。とんでもないことになっちまったんだ」

「え? 何のことですか?」

「こっちで、まずい奴に出くわしたんだ。金を盗んだのがばれて、金を渡さなきゃならなくなって」

「それで栄治さんは――」

「とんだとばっちりだったんだ。たまたま栄治が居合せちまって……」

「どうしたんですか?」

紀久子の声がかすれた。

「そいつに刺されたんだ、栄治が」

紀久子の受話器を持つ手が震えた。

「刺された?」

「俺がいない所でな。申し訳ない。巻き込むつもりはなかったんだ」

「それで……栄治さんのけがは？　ひどいんでしょうか」

否定して、と祈った。――大したけがじゃなかったんだよ、と言って。

不気味な沈黙がしばらくあった。紀久子は、重ねて訊くのも恐ろしくて、じっと受話器を握りしめていた。

やがて、広がポツリと言った。

「死んだよ」

紀久子は、今聞いた言葉を疑うことができなかった。あまりにはっきりと聞こえていた。

「そう……ですか」

「な、聞いてくれ。俺もしばらく身を隠さないと――」

と言いかけて、広は、突然、「まずい！」

と言った。

「もしもし？　――広さん！　もしもし！」

紀久子は、つながっている電話から、

「おい、待て！」

という男の声を聞いた。「逃がすな！」

後は――沈黙が続いた。

紀久子はゆっくりと受話器を置いた。

「死んだ……。栄治さんが……」

呟いている自分の声が、他人のもののようだった。

6　犠牲

手術から二日後、美也子は目を覚ました。

紀久子は、まだそばについていられなかったが、ガラス越しに美也子と顔を合せた。

美也子の方でも紀久子を認めて、小さく右手を振った。

左半身に麻痺が残ると言われていた。

紀久子はそっと手を振り返した。

それでも、笑顔を作ることはどうしてもできなかった。そのことに、美也子が気付いたかどうかは分らない。

それに――広がどうしたのか、何の手掛りもなかった。あのホテルに電話してみたが、広は戻っていなくて、連絡もないということだった。

紀久子は、栄治のことを、フロントの男にも訊いてみたが、

「ひどい出血で、救急車で運ばれて行きましたが、その後どうなったのかは分りません」

という答えだった。

係り合いになりたくなかったのだろう、詳しいことは知らない、とくり返すばかりだったのである。

――人の気配に振り返ると、三枝が立っていた。

「何とかうまく行ったようだな」

と、三枝は言った。

「色々ありがとうございました」

と、紀久子は頭を下げた。

「蔵原さんが会いたいとおっしゃってる」

「はい。私もお礼にと……」

「一緒に来てくれ」

紀久子は、三枝に促され、後について行った。

もっと大きな構えの邸宅に住んでいるのかと思った。

ごく普通の――といっても、確かに立派ではあるが――一軒家だった。

「まあ、入れ」

居間のソファに、和服姿で座っている蔵原は、どっしりとした重みを感じさせた。

「――失礼します」

紀久子はソファに浅くかけると、「この度は母が本当にお世話になりました」

と、深々と頭を下げた。

「何とかうまく行ったようだな」

蔵原はそう言って、「おい、三枝、お茶を言いつけてくれ」

「はい」

三枝が出て行く。蔵原は、

「今どきの女は気がきかん。言われないと何もせん」

と、首を振って、「話はしたのか」

「いえ、まだ……。そこまでは。先生のお話では、二、三日で普通の病室に移れるだろうと……」

「それはよかった」

それきり、蔵原はしばらく口をきかなかった。

――紀久子の方も、栄治が死んだと聞かされてショックから立ち直っていない。

若いお手伝いがお茶を運んで来た。

蔵原は、

「おい、何かつまむ菓子でもないのか」

と言った。

「どうぞお構いなく――」

と、紀久子は言いかけたが、お手伝いの子は、あわてて出て行った。

「——医者から聞いたが」

と、蔵原が言った。「半身は不自由だそうだな。車椅子の生活になるだろう」

「はい……。母と、よく話してみます」

実際、どうしたらいいのか、紀久子は途方にくれていた。

「ところで」

と、蔵原はお茶を一口飲んで、「三枝から聞いたんだな」

「はい。——何も聞いていませんでしたので……」

「驚いたか」

「ご迷惑をおかけして……」

「昔の話だ」

と、蔵原は言った。「これからどうする」

「はあ……。母が話せるようになりましたら、よく相談を——」

「ここにいたらいい」

紀久子は当惑して、

「ここに、ですか」

「どうせ当分は入院だろう。ここからなら、病院へも近い」

「でも、そういうわけには——」

「お前がここに来るなら、美也子の入院費用は俺がみてやる。お前が働いても、大した稼ぎにならないぞ」

「それは……」

「美也子の持っている金は、使うとまずいだろう。——警察は美也子と息子を追っている」

紀久子も、美也子が逮捕されるようなことにはなってほしくなかった。もちろん金を返してすむ話ではないが。

「息子は広といったか。どこにいる?」

「あの……東京へ一人で」

「東京のどこにいる?」

「よく分りません。あの——何かとんでもないことがあったようで……。連絡が取れないんです」

「いずれ、何かやらかして刑務所行きだろう。——美也子も、病気だからといって罪は消えない」

「はい……」

「この前の屋敷が火事になって、逃げてから、どこをどうしていたのか……。お前の父親は誰なんだ?」

「あの……よく分らないんです」

と答えるしかなかった。


「まあ、それはどうでもいい」

紀久子は、本当のことを言おうと思った。いつまでも隠してはおけない。

「あの、実は——」

と言いかけると、蔵原が強い口調で言った。

「二つに一つだ。選べ。お前がここに来るか、美也子を警察へ突き出すかだ」

自分を見る蔵原の目に、紀久子はやっと気付いた。

「ここへ来る」

という言葉の意味を。

六十代半ばとはいえ、蔵原の視線は、はっきりと紀久子を求めて燃え立つようだった……。

「どうだ?」

と、富田刑事はエレベーターを降りて、部下の顔を見るなり訊いた。

「まだ何とも……」

と、部下が首を振った。

「そうか……」

「さっき、医者が病室に入って行きましたが」

「『医者』は失礼だろう。『先生』と言え」

「すんません」

ちょうど、担当医が廊下へ出て来た。

「先生。どうですか。彼の具合は」

と、富田は訊いた。

「ああ、刑事さんですね。――いや、大量の輸血でしたから、高熱を出す心配はあったんですが……」

「危いですか」

「後は、彼の体が高熱に耐えて頑張ってくれるかどうかです。心臓が参ってしまわないか、それが心配ですが」

「何とか……頑張ってほしいです」

「ええ、分ります。ともかく、まだ若いですからね。せいぜい二十歳くらいでしょう。何とか……。彼の家族に連絡できますか?」

「いえ、それが名前もまだ分らないんで。――ほとんど荷物らしいものもなくて」

「そうですか。まあ、様子はちゃんと見ていますから」

「よろしく」

富田は頭を下げた。

――出血多量で命を落とすところだったのを、刑事たちの献血で何とか助けることができた。

ところが、今度は四十度を超える高熱が続いているのだ。――自分の代りに刺された、という思いが富田にはあった。

病室に入って、ベッドのそばに立つと、若者は荒い呼吸をして、苦しげだった。

富田の胸は痛んだ。――克二の奴！　どうして俺の代りに、こんな素人の男を刺したんだ！

「助かってくれ」

と、富田は祈るような思いで、そっと声をかけ、若者の手を握った。「――お願いだ」

すると――その手が、握り返して来た。

ハッとして見ると、目が開いている。

「目が覚めたのか？　おい、聞こえるか？」

と、富田は言った。

しかし、聞こえているようではなかった。目も、宙をさまようようにして、富田を見ていなかった。

「な、頑張ってくれ。死ぬんじゃないぞ！」

富田が声をかけていると、気付いた看護師が急いでやって来た。

「今、目を開けたんで――」

「先生を呼びます。でも、無理に話しかけないで下さい」

そう言って、看護師が出て行く。

そのとき、若者が突然言った。

「きくこ……」

「うん？　何だ？〈きく〉？　何のことだ？」

富田は訊き返したが、それきり、若者はまた目を閉じてしまった。

医師が駆けつけて来た。


「ごめんよ……」

と、美也子が言った。

紀久子は、ベッドのそばに座ったきり、何も言えなかった。

何を、どう話したものか、分らなかったのだ。

あまりにも、話さねばならないことが多過ぎた……。

美也子は回復が早く、手術の翌々日には、普通の病室へ移されていた。

脳梗塞の後遺症で、左半身はほぼ動かなかった。頭を包帯でグルグル巻きにされた美也子の姿を見ていると、紀久子は自然に涙が出て来た。

「広は……」

と、美也子が言った。

手術で、言語の障害はいくらか改善していた。何とか聞き取れるように、たどたどしくはあったが、話せた。

「広さんは……東京で何かとんでもないことに……」

と、紀久子が、やっとの思いで言った。「今はどうしているのか分りません」

「まあ……。じゃあ、連絡が……」

「取れないんです」

「そんなことに……。あんたの彼氏はどうしたの？　栄治君……だっけ」

紀久子が声を殺して泣き出すのを見て、美也子は、

「どうしたの？　彼に何かあったの？」

と、目を大きく見開いて訊いた。

「栄治さんは……死にました」

かすれた声でそう言った。

「——何だって」

美也子が青ざめた。「一体何が……」

「分らないんです。詳しいことは何も」

紀久子は涙を拭った。

「広と一緒だったせいだね。——ごめんよ」

「いいえ……。ともかく何が何だか……」

紀久子は、広と電話で話して、分ったことだけを伝えた。それ以上は調べることもできない。

「何てことだろうね……」

美也子が目を閉じて、「私たちに会わなかったら……」

「いいえ。感謝しています。私たちのために力になって下さって……」

「紀久子ちゃん。――あんたはもうここにいなくていいんだよ。どこかへ……東京にでも行くといい。お金はそれくらいあるでしょ」

「美也子さん……」

それきり長い沈黙があった。

美也子は、紀久子の表情に、何か恐ろしいものを見た。

「――蔵原が、何か言って来たの？」

紀久子がハッと息を呑む。美也子は、深く息をついて、

「言って来ないわけがないね」

と言った。「蔵原のおかげで助かった。でも……」

「昨日、蔵原さんに呼ばれて、会いに行きました……」

「ちゃんと話したの？　あんたは赤の他人だってこと」

「それが……。私が言い出す前に、言われたんです。美也子さんを警察へ突き出すって」

「そう。仕方ないね。それは……」

「でも……私が行けば……蔵原さんの所にずっといれば……美也子さんの面倒をみてやると……」

美也子が愕然として、

「蔵原はあんたを？　――何て男だろう」

「聞きました。昔のこと。それで、美也子さんの

代りに私を――」

「早く逃げなさい」

　と、美也子は言った。「こんな所でぐずぐずしてたら、あいつに雇われてる奴があんたを連れて行っちまうよ」

「でも、私が逃げたら、美也子さんは警察に――」

「私の……ことなんか、どうでもいい！　あんたはもう充分私のために……。本当の親子だってできないようなことを……してくれたよ」

　興奮しているせいか、舌がもつれたが、動く右手で、早く行けと合図して、「行くのよ！」

「だけど……」

　こんな状態で連行されたら、どんなことになるだろう？

　もちろん、警察だって、病人を放っておくことはないだろうが、こんな病院のように、手厚く看護してくれるとは思えない。

　今、動くこともできずに目の前に横たわっている美也子を見ると、紀久子は見捨てては行けない気がした。

「――もう一度、蔵原さんと話してみます」

　と、紀久子は言った。「本当のことを打ち明けて、お願いすれば、きっと分ってくれるんじゃないかと……」

「そんなこと……いけないよ。また行ったら、もう戻れなくなるかもしれない……」

「大丈夫です。私、もう何も怖くないんです。栄治さんが死んじゃったら、私にはもう明日はない……」

　力なく、紀久子は言った。

「そんなこと言っちゃいけないよ！　生きてれば、

きっといいことがある。——ね、早くここを発って、どこかへ行って」

「でも私——美也子さんを忘れて行ってしまうなんてこと、できないわ」

と、紀久子は立ち上ると、「心配しないで。もう一度、本当のことを打ち明けて、頼んでみます」

紀久子は一旦決心がつくと、

「また来ますね」

と、立ち上って、病室を出た。

蔵原のはからいで、個室だった。——廊下へ出た紀久子は、ナースステーションに寄って、

「よろしくお願いします」

と言った。

そのとき、病室の中から、窓ガラスの割れる音がした。

びっくりして、紀久子は病室へと駆け戻った。

病室へ入ると、紀久子は一瞬立ちすくんだ。

正面奥の窓ガラスが割られて、美也子が不自由な体を必死に引きずるようにして、窓から飛び下りようとしていた。

「美也子さん!」

紀久子が駆けつけようとすると、美也子は割れたガラスで手を切りながら、動く右手で体を窓から外へ押し出した。

「だめ!」

紀久子が手を伸して、美也子のはおっていたガウンをつかんだが、遅かった。

紀久子の手から、ガウンが逃げて行った。

「そんな……」

看護師がやって来た。

「何ごとです?」

「飛び下りたの！　早く下へ！」

看護師があわてて駆け出して行く。

紀久子は、ガラスの破片を踏みそうになった。

ガラスに血がついている。

美也子は、紀久子を逃がすために、死のうとしたのだ。何て人だろう！

紀久子も、やっと病室を出て、よろめくように歩いて行った。——ここは四階だ。

おそらく命はないだろうが……。

エレベーターで一階へ下りると、外へ出て、建物に沿って回って行く。

看護師と医師が何人か集まっていた。

「先生！」

と、紀久子が呼びかけると、

「ああ、運が良かったよ。下が花壇だったんだ」

「それじゃ——」

「骨折してる。頭も打ってるから、手術後でどうなるか……。ともかくまだ息がある」

「助けて下さい！　何とかして」

紀久子は、血を流しながら柔らかい土の上に横たわっている美也子のそばに膝をついて、

「しっかりして！」

と、血の出ている手を取った。「私のために……」

紀久子の災難も、「赤の他人」としては受け容れがたいが、美也子にしても、他人の紀久子を救おうと、死のうとしたのだ。

自分が過去におかした罪を、紀久子が償わされる。美也子には自分が許せなかったのだろう。

しかし——ともかく美也子は生きている。

紀久子は、美也子の手を固く握って、

「あなたを見捨てません。——お母さん」

と、呼びかけた……。

「もう大丈夫でしょう」

医師の言葉に、富田は胸をなで下ろした。

「ありがとうございました」

医師の後ろ姿に向って、頭を下げた。

名も知らない、その若者は、高熱を耐え抜いたのだ。

「よかったな」

と、富田はまだ眠っているような若者に、そう声をかけた。「署の連中に知らせてくるよ」

病院を出て、富田はケータイで署へかけると、容態を伝えた。

「──ああ、これからそっちへ行く。──うん、分った」

通話を切って、病室に戻ると、若者がベッドに起き上っていた。

「何だ、大丈夫なのか？」

と、富田が訊くと、

「あの……」

と、当惑した様子で、「ここ、どこなんでしょう？」

「病院だよ。君は刺されて死にかけたんだ。──憶えてないのか？」

「刺された……。僕が？」

「そうだ。さあ、寝てなきゃいかん。傷口からまた出血したら大変だ」

と、富田は若者を寝かせると、「いや、君はとばっちりを食ったんだ。刺した奴は今追ってる。ところで……君、名前は？　今まで高熱もあって、話せなかった」

「名前……。僕のですか？」

「ああ、もちろん」

「僕は……」

と言いかけて、しばらく黙っていた。

「君の名前や住所を書いたものが見付からなくてね」

と、富田は言った。「家族の誰かに連絡するよ。教えてくれるかな。家の住所と電話番号――」

「分りません」

「え？」

「僕の名前……。何だったろう？　でも、どうしても思い出せないんです」

富田は絶句したが、

「いや、大丈夫。今はまだ熱の影響があるんだよ、きっと」

と、自分に言い聞かせるように言って、「ゆっくり休むといい。その内思い出すさ」


と、若者の腕をそっと叩いた。

「すみません、心配かけて」

「とんでもない。君は私の代りに刺されたんだ。――まあ、その話はまたね」

「はい……」

富田は病室を出ると、看護師の一人に声をかけて、

「先生と話したいんだがね」

と言った。

7　訣別

しばらく待たされた。

紀久子は身じろぎもせず、蔵原の屋敷の客間のソファに座っていた。

「待たせてるな」

と、入って来たのは三枝だった。

「いえ、大丈夫です」

と、紀久子は言った。

「社長は、あと三十分もすれば戻ると思う」

「そうですか」

「で、どうなんだ、具合は？」

「母でしたら、色々あって、今は意識がありません」

「そんなに悪いのか」

「いえ、たぶん……明日ぐらいには意識が戻ると……」

「そうか」

三枝は立ったまま、「社長の話は聞いてるんだろ」

「はい」

「まあ……社長ももう若くない。今はカッとなってるが、いずれ気が変る」

「でも、母のことが……」

「うん、それは分ってる。しかしな……」

紀久子は、ちょっと三枝を興味を持って眺めると、

「蔵原さんに、何か気に入らないことでも？」

と訊いた。

「そんなことはない！　どうしてだ」

むきになっているところが、肯定しているのと

同じだった。

「――お前、いくつだっけ？」

と、三枝は訊いた。

「十七です」

「ずいぶん若いな」

と、三枝は言った。「社長からみりゃ、孫の年《と》齢《し》だな」

「でも、子供じゃありません」

と、紀久子は言った。「生きることの辛さも知っています」

三枝が意外そうに紀久子を見た。

「何かあったのか」

紀久子はただ、

「色んなことが」

とだけ言った。

詳しい話など、他人には聞かせたくない。


「お前――」

と、三枝が何か真剣な口調で言いかけたとき、
廊下で、

「お帰りなさいませ」

という声がして、すぐに障子が開いた。

「社長、お帰りなさい」

と、三枝が一礼する。「いかがでした、話は？」

「なあに、議員なんてものは、適当に持ち上げてやれば喜んでる」

ダブルのスーツにネクタイという格好だった。

紀久子を見ると、

「待ったか」

「いえ、それほどは」

「ちょっと着替えてくる。待ってろ」

「はい」

「失礼します」

三枝も出て行く。——紀久子は一人になると、客間の中を見渡した。

これからどうなるのだろう。

いや、どうなってもいいと覚悟を決めはしたが、先行の闇は不安だった。

蔵原は和服に着替えて、すぐに戻って来た。そしてソファに構えると、

「決めたか」

と訊いた。

紀久子はしっかり肯いて、

「はい」

と言った。「こちらで暮したいと思います」

「そうか」

わずかに、蔵原の顔が赤らんだ。

「母のことは、どうかよろしく」

「うん。任せろ。俺も約束は守る男だ」

蔵原は大きく息をつくと、「晩飯にしよう。どうだ、寿司でも取るか。いい店を知ってる」

「いただきます」

「寿司は好きか」

「めったに食べられませんけど」

蔵原は笑って、

「好きなだけ食べろ。いいネタを用意させる」

と言うと、立ち上って障子を開け、「おい、さき」

年輩の女性がすぐにやって来ると、

「旦那様——」

「こいつの部屋を離れにする」

「かしこまりました」

「おい、荷物は？」

「全部持って来ました。玄関の脇に」

「そうか。離れに運んでやれ」

「はい、すぐに」

「それから、寿司を頼んでくれ。上物でと言ってな」

「承知しました」

さきという女性はすぐに紀久子の荷物を取って来ると、「こちらへ」

「私、少し持ちます」

「いえ、大丈夫です」

庭から続く渡り廊下の先に、別棟になった離れがあった。

明りが点くと、外見より広く感じる。

「立派な部屋ですね」

畳十畳の広さがある。

「小さなお風呂もそちらに」

「ああ。――ここ、お客様を泊めるんですね」

「これまではそうです」


と、さきは言った。「これからは、あなた様のお部屋です」

「はい」

「お荷物はこちらに」

「ありがとう」

「夕飯の間にお布団を敷きますので」

「分りました」

紀久子は十畳間の真中に一人で座ると、もう何も考えなかった。

荷物を……。

着替えや化粧品などを出して、戸棚や押入れにしまった。

小さな浴室には、洗面台と化粧台も備わっていた。

きれいに磨かれた鏡に、自分を映して、

「栄治さん……」

と呟く。

蔵原は上機嫌だった。

蔵原と紀久子の他に、三枝や、紀久子が名前を知らない男たち数人が並んでいた。

蔵原はあえて紀久子をそばへ置かず、寿司を食べるのをじっと見ていた。

もちろん、紀久子も家にいたとき寿司も食べていたが、確かにここの寿司は格段においしい。

誰も紀久子には話しかけなかった。専ら蔵原が市会議員と話したことを、面白おかしくしゃべりまくっていた。

しかし、みんなの表情を見ても、蔵原がいつになくおしゃべりになっていると分った。

――食事が終ったとき、

「みんなに言っとくことがある」

と、蔵原が改って、「今日から、この紀久子がここで暮す。まだ若い娘だ。よろしく頼む」

紀久子は黙ったまま、ゆっくりと頭を下げた……。


「――失礼します」

「おやすみなさい」

と、みんなが引き上げて行く。

紀久子は離れへと戻った。渡り廊下の所にさきが立っていた。

「お風呂はどうなさいますか」

と、さきが訊いた。「大きなお風呂もございますが」

「私――ここの小さいお風呂に入ります」

「分りました。何かお入用の物があれば、お呼び下さい。電話のそばにボタンがありますので」

「ありがとうございます」

「では、おやすみなさい」

離れに入り、明りを点ける。——二組の布団が並べて敷かれていた。

ゆっくりとお風呂に入る。——もう何も考えまい。

ただ流れに身を任せている気分だった。

「良かった……」

と呟いたのは、これが初めてではなかったからだ。

駆け落ちを決心したとき、わずかの時間ではあったが、紀久子の部屋で、栄治に身を任せた。夢中で、ほとんど何も憶えていなかったが、少なくとも栄治と初めての経験をしていたのだ。

真新しい浴衣が用意されていた。

浴室を出ると、布団の上に蔵原があぐらをかいていた。

「——きれいだな」

と、蔵原がじっと紀久子を眺めて言った。

紀久子はむだなことは言いたくなかった。ただ、今自分を待つ運命を受け容れようと思った。

「——明りを消しますか」

とだけ訊いた。

「その方がよければ、そうしろ」

と、蔵原は言った。

紀久子は明るさを半分ほど落とした。

「ここへおいで」

蔵原は、やさしさを強調するような言い方をして、それがちょっと無理に見えて、紀久子は微笑んだ。

「笑ったな」

蔵原はホッとしたように、「お前を泣かせたくない」

「私——大丈夫です」

紀久子は何も怖くなかった。

自分で選んだことだ。栄治さんも分ってくれるだろう。

紀久子が布団に座ると、蔵原の太い腕が肩を抱き寄せた。

紀久子は反射的に目を閉じて、男の重さを受け止めていた……。

——そして、七年がたった。

8　上京

「三枝さん」

と、紀久子は廊下に出て言った。「タクシーを呼んでくれる？」

「はい、奥さん」

三枝はすぐに答えて、「列車には充分間に合いますが、私が送っても――」

「忙しいのに、いいわよ」

「じゃ、スーツケースを」

「ええ、玄関に置いといて」

紀久子はちょっと地味なグレーのスーツを着ていた。

「五分で来ます」

と、三枝が言った。

「ありがとう。――仕度はすんだけど、忘れ物のチェックをしないとね」

紀久子は足早に奥の部屋へと向った。

襖を開けると、

「竜ちゃん、出かけるわよ」

と言った。

「うん」

鏡の前で、六歳の男の子が髪の毛の寝ぐせを気にしていた。

「いいわよ、そんなの」

と、紀久子は笑って、「それより、いるものは持った？」

「うん」

「見せて。忘れても取りに戻れないわよ」

「東京に行くんだよね」

「ええ、そうよ。列車に乗ってね」

「うんと乗るの?」

「そうね。ここはちょっと外れた所だから、乗り換えないと。着いたら、もう夜になってるわ」

「パパが待ってるんだよね」

「そうよ。でも忙しいから、迎えに来られるか分らないって」

紀久子は、息子、竜一の荷物をチェックした。

「ゲームはいいの?」

と、竜一に訊く。

「今遊んでるのは持った。新しいのは東京で買えるでしょ?」

「そうね。でも、忘れないで。遊びに行くわけじゃないのよ」

「はい」

竜一は鏡の中の自分をしばらく眺めていたが、

「――じゃ、いいや」

「そう?」

紀久子はバッグを手にさげると、竜一の部屋を出ようとして、「お友達の住所とか、分る?」

「うん、ちゃんと持ってる」

「じゃあ、出かけましょ」

――玄関で、三枝が待っていた。

「タクシーが表に」

「ありがとう」

「荷物がありますし、駅までご一緒しますよ」

「そう? じゃ、お願い」

三枝がスーツケースなどをトランクに入れてから、助手席に座る。

タクシーが駅に向う。

「東京は車が混んでるでしょう」

と、三枝が言った。「坊っちゃんは色んな車が見られて楽しいですよ、きっと」

「もう、今からミニカーを買うのを楽しみにしてるわ」

「写真に撮って、送って下さいね」

「いいのが揃ったらね」

と、竜一は言った。

——紀久子は、タクシーの外を流れていく風景を眺めた。

東京に、ひと月近くいることになる。

そんなに長く、蔵原の家を離れるのは、あれ以来、初めてだ。東京へ行くのも、この七年で初めてだった。

といって、格別の感慨があるわけではなかった。

——東京へ行っても、栄治が待っていてくれるわけではない。

七年……。決して短い年月ではないが、過ぎてしまえばアッという間だった。

蔵原の囲い者になって半年ほどしたとき、身ごもったことを知った。

蔵原は喜んだ。——紀久子にとっては、辛いことを忘れるきっかけができたようだった。

男の子が生まれると、蔵原は張り合いができたのか、事業欲をたかぶらせて、それまでの「地方の顔役」ではおさまらなくなった。

しばしば大阪や東京に出かけるようになった。

——今、蔵原は七十二歳。紀久子は二十四になっている。

出産と子育てで、たちまち数年は過ぎて行った。

「——三枝さん」

と、紀久子は言った。「母のこと、お願いね。ときどき様子を見に行って」

「承知してます」

「私が行けなくて悪いけど」

——大堀美也子は、あの後、命は取りとめたものの、記憶力に障害が出て、紀久子が会いに行っても、分ったり分らなかったりしていた。

五十七歳にしては、髪も真白になり、すっかり老け込んだ。

息子の広の消息は全く知れなかった。もちろん、紀久子に、広の行方を捜すような力はない。

紀久子の日々は、あの蔵原の屋敷の中だけで過ぎて行ったのである。

二十四歳といっても、七年の間に、紀久子は蔵原家の「奥様」として身につけた落ちつきがあり、三十代とも見えた。

「——お昼はどうなさるんで?」

と、三枝が訊いた。

「さきさんがお弁当をこしらえてくれたわ」

「そうですか」

「さきさんって変らないわね。私が来たときと少しも変らない」

「そうですね」

紀久子は、助手席の三枝の後ろ姿を見ていたが、

「——三枝さん」

「はい?」

「白髪があるわよ、後ろの方」

「奥さん……。見ないで下さいよ」

と、三枝は笑って、「これでも、ずいぶん染めてるんです」

「え?　そうなの?」

「奥さんより十いくつも年上なんですから」

「それは知ってるけど」

——タクシーが駅前につけた。

三枝はホームまで荷物を運んでくれた。

「まだ二十分くらいあるわ」

と、紀久子は腕時計を見て、「三枝さん、いいわよ、もう戻って」

「いえ、ちゃんと列車にお乗せしないと」

ホームにはほとんど人影がなかった。

竜一はベンチにかけて、せっせとゲームをやっている。

「もし、坊っちゃんが東京の私立小学校に通うことになったら、奥さんも東京に」

「それはそうよ」

――少し間があって、

「寂しくなりますね、あの屋敷が」

と、三枝が言った。

「私は別に有名私立に通わせたいとは思わないんだけど、あの人が行かせたがってるの」

「分ります。ご自分も今、東京が多いですからね」

「どうなるのかしら……。私は流れに逆らわないだけ」

と、紀久子は言った。

それきり、二人はほとんど黙ってしまった。

やがて列車の姿が遠くに見えた。

この先に何が待っているのか。――紀久子は不安と共に、ひそかに血の沸き立つ思いがしていた……。


「間もなく、終点、東京です……」

少しぼんやりした頭に、アナウンスが入って来ると、紀久子はちょっと頭を振った。

「眠ってたんだわ……」

新幹線のグリーン車は快適だった。

隣を見ると、竜一がポカンと口を開けて、ぐっすり眠っている。その寝顔を見ると、つい笑ってしまう。

おじいちゃんというほどの年齢の蔵原がソファで居眠りしているときの顔とよく似ているのである。父と子なのだから当然と言えばそうだが、

「降りなきゃ」

と呟いて、紀久子は立ち上ると、腰を伸した。

下ろしたままになっていた日よけを上げると
――夜の中に光が溢れていた。

東京だ。

一瞬、ある思いが紀久子の胸をしめつける。

――思いもかけなかった運命のいたずらが起らなかったら、私は今ごろ東京で栄治さんと暮していたのだ。

二人で、この大都会の光の海の中を泳いでいたのだ……。

でも――もう、そんな幻を見ても、むなしいことだ。

「――竜ちゃん、起きて」

と、紀久子は竜一の肩を叩いた。

竜一は大欠伸して、目をこすると、窓の外を見て、

「ここ、どこ?」

と言った。

「東京よ。もうじき着くわよ。忘れ物しないでね」

紀久子のバッグの中でケータイが鳴った。蔵原からだ。

「――あなた。もうじき着きます」

「ああ、分ってる」

と、蔵原が言った。「ホームにいる。12号車だな」

「そうです」

「降りずに待ってろ。荷物を取りにやるから」

「誰か一緒ですか?」

「ああ、こっちで雇った秘書だ。北山という男だ」

「分りました」

ホームに入るので、車両が少し揺れた。

「凄く広い」

と、竜一が外を眺めて言った。

「ええ、そうね。ずいぶん遠かったわね」

と、紀久子は言って、自分の小さなボストンバッグを棚から下ろした。

「リュックね」

「うん」

竜一がリュックを背負う。

ホームに入っても、なかなか停らない。

——こんなに長かったんだわ、新幹線って。あの地方の電車にしか乗らない七年間だった。

「パパだ」

窓の外に、蔵原の姿が見えて、竜一が手を振る。

グリーン車は半分ほど埋っていた。

客が降りて行く。——ほぼいなくなったところへ、

「お待たせして」

と、小走りにやって来たのは、ちょっと小太りな若い男だった。

「北山さん?」

「はい! よろしくお願いいたします!」

と、やたら元気な声を出すと、「お荷物はこれだけですか?」

大きなスーツケースとトランク。かなり重いが、北山はヒョイと軽々と持ち上げた。

竜一が駆けて行くのについて、ホームへ降りる。

「どうだ。疲れたか」

と、蔵原が訊いているのは竜一に、である。抱き上げて、上機嫌に笑っている。

「お腹ペコペコ」

と、竜一が言った。

「よし、何か食べよう」

蔵原は竜一の手を取って、「ご苦労だったな」

と、紀久子に言った。

「久しぶりの長旅で」

「そうだな。東京も変ったろう」

「駅もずいぶんきれい。――あ、転がしていいですよ」

キャスターが付いているのだから、持ち上げなくても、と北山に言ったのだが、

「こいつは力自慢だ。持たせてやれ」

と、蔵原は笑って言った。「車が待ってる。行こう」

蔵原が竜一の手を引いて、ホームから階段を下りる。紀久子はその後をついて行った。そして大荷物を抱えた北山。

「こっちの出口だ」

もう東京駅にも慣れている様子の蔵原はさっさと足早に通路を辿って行き、紀久子はついて行くのが大変だった。

「あなた。――ちょっと待って」

と、息を弾ませて、「もう少しゆっくり歩いて下さい」

蔵原は笑って、

「若いお前がそんなことを言ってどうする」

と言った。「この勢いに慣れることだ。東京で暮そうと思えばな」

「そうですけど……」

紀久子は、すべて自己流を通す蔵原のやり方に慣れていた。そして、夫に「とてもかなわない」という姿を見せることで、夫を喜ばせることができると承知していた。

「その先の出口から出ると、車が待ってる」

と、蔵原が乗り換口の少し広くなった場所を横切って行こうとしたとき、

「おい、待て！」

という怒鳴り声がして、男が数人、通路を凄い勢いで駆けて来た。

「キャッ！」

と、はね飛ばされて尻もちをつく女性が声を上げた。

「危いわ」

紀久子がとっさに竜一のそばへ寄った。

派手な上着の男が紀久子のそばを駆け抜ける。

そして、少し遅れて、背広姿の男が三人、猛然とその後を追って行った。

「止まれ！」

と、追っている男たちが怒鳴っていたが、逃げている男は、人ごみの中に紛れるように走って行った。

「――何、今の？」

と、竜一が目を丸くしている。

「誰かを追いかけてるらしいわね」

「ああ。追いかけて行ったのは刑事だろう」

と、蔵原が首を振って、「いくら東京でも、こんなことはそう起らないさ」

「そうでないと困るわ」

と、紀久子は息をついて、「北山さん。――まあ！」

振り返ると、駆けて来た男たちをよけようとし

て、北山は荷物を抱えたまま、座り込んでいた。

「北山さん！　大丈夫？」

「ええ。ちょっと——びっくりしただけです。荷物はぶつけませんでしたから」

「そんなこといいけど……。けがしなかった？」

「何ともないです。でも……」

と、北山が立ち上る。

すると、

「申し訳ないです！」

と、謝っている声が聞こえた。

はね飛ばされて倒れた女性を、年輩の男性が助け起している。

「大丈夫でしたか？　私ども、警察の者で、指名手配犯を追跡していまして」

「腰を打って……。追いかけるにしたって、こんなに人が多い所で、無茶じゃないの！」

と、女性は腹を立てている。

「いや、すみません！　もしけがでもされていたら——」

「大丈夫よ。本当に……。犯人が刃物でも持ってたらどうするの？」

「ごもっともで……。慎重にやるべきでしたが」

かなり年輩の、白髪の刑事が何とか女性をなだめている。

「——北山、行くぞ」

と、蔵原が促す。

「はあ。——奥様、すみません。ご心配をいただいて」

「いいえ。災難ね」

紀久子は、夫と竜一を追って足を速めた。

「わあい」

竜一が、駅を出た所で待機していた大きなリムジンを見て飛び上った。

「凄い車だね！　ママ、乗ったことある？」

「いいえ、ママも初めてよ。こんな車」

正直、何だかヤクザでも使っていそうな目立つ車だったが、

「荷物があるからと思って、大型にした」

と、蔵原が言った。「ともかく中でゆっくりしろ。手近なホテルで食事しよう」

白い手袋の運転手がドアを開けてくれる。

リムジンの座席に、竜一と並んで腰をおろして、紀久子は、「何だか疲れそうだわ」と思っていた……。


「おい、どうした、奴は？」

「すみません。見失いました」

追いかけていた刑事たちが戻って来て汗を拭くと、「ちょうど信号の変り目で車がワッと来て……」

「そうか。仕方ないな」

と、富田は言った。「──おい、英夫はどうした？」

「それが……。もう諦めろと言ったんですが、もう少し追いかけてみると言って」

「一人で行かせたのか？　誰かついて行ってやれ。もし本当に佐山を見付けたら──」

「戻って来ました」

と、一人が言った。

顔を汗で光らせながら、若い刑事が戻って来ると、

「すみません！　少し駆け回ったんですが……」

と、息を切らしている。

「もういい。それより、この人ごみの中だ。周り

の人間を巻き込むところだったぞ」

「あ、僕がぶつかった女の人がいましたね」

と、山田英夫は言った。

「散々文句を言われたぞ。しかし、けがもしていなかったから良かった」

「すみません」

若い山田英夫は、流れ落ちる汗を、クシャクシャになったハンカチで拭いた。

「佐山に気が付いたのはいいが、あんな凄い目でにらんだら、すぐ刑事だとばれる。さりげなく視界に入らない位置にずれて、周囲の人の流れをよく見るんだ」

「はい」

「ともかく、佐山が東京に戻ったことは分った。

――牧田、佐山の女がいたな」

「ええ、池袋の方に」

「そこへ行ってみろ。すぐには現われないだろうが、女がどうしてるか確かめておけ」

「分りました。おい、行こう」

と、牧田が一人を誘った。

「僕が行きます!」

と、山田が手を上げた。

「お前は署へ戻れ」

と、富田が言った。「ゆうべも張り込みで、ろくに寝てないだろ」

「大丈夫です。一日や二日――」

「駆け回るだけが仕事じゃない」

と、富田は笑って、「一緒に戻るぞ。いいな」

「はい……」

山田は不満げに肯いた。

「俺も若けりゃ、一緒に追いかけたんだがな」

と、富田は言って、山田の肩を叩いた。

「親父さん……」

「俺のことを考えてくれるのは嬉しいが、無理をするな。無理をすると、必ずしくじる」

富田は、他の刑事たちを促して、歩き出した。

——もう、かつての元気はない。

富田刑事は、五十九歳になっていた。定年まで、あと三か月。

M署のみんなから「親父さん」と呼ばれて来た。管理職になることもできたが、現場で捜査に当る道を選んだ。

「晩飯でも食って行くか」

と、富田は言った。

以前はよく飲んだ酒も、今はやめている。

——二年前、富田は心臓発作で倒れていた。無理のできない体だ。

それを分っているから、部下たちは何とか佐山という大物の殺人犯を逮捕して、富田に花道を飾らせてやりたかった……。

定食屋に入ると、めいめいが好きなものを頼んだ。

富田は、脂っこいものを避けて、焼魚にした。

「僕はカツ丼で」

と、山田が言った。

「お前、本当にカツ丼が好きだな」

と、他の刑事が笑って言った。

「何となく食べたくなるんですよ」

と、山田が言った。

「きっと、カツ丼好きは以前からだろうな」

と、富田は言って、おしぼりで手を拭いた。

——山田英夫。

七年前、富田の代りに刺されて、重傷を負った若者である。

高熱が何日も続いて、記憶に影響が残った。自分の名前も、どこで何をしていたのかも、何も思い出せなかったのだ。

富田は、若者を自宅に引き取った。子供のいない夫婦は、若者を息子のように面倒をみて、「山田英夫」という名で呼ぶことにした。

その記憶の中に埋れた名前——小山栄治という名前は、まだ全く現われる気配はなかった……。

9　眠らない街

「高いんでしょ、こんなお部屋？」

まず口をついて出たのが、このセリフだった。

「これぐらい、どうってことはない」

と、蔵原は笑って、「竜一が眠そうだ。先に風呂へ入れて、寝かしてやれ」

「はい、あなた」

都内の一流ホテルのコネクティングルーム。ツインルームが二つ、ドアでつながっている。

「私、こちらの狭い方で、竜ちゃんと寝ますわ」

と、紀久子は言った。

「一旦寝たら、目は覚まさんさ」

「でも――やっぱり心配ですもの。こんなベッド、慣れていないし」

「分った。いいようにしろ」

「じゃ、お風呂に……」

家の風呂と全く違う、明るくて大きなバスタブのある「部屋」である。

「これ、お湯の栓？」

「そう。熱いのが出て来るわよ！　ママがちゃんと調節するわ」

ませているとはいえ、こんな都会の浴室は慣れていない。――紀久子は、バスタブを満たすお湯の温度を調整した。

「じゃ、入りましょうね」

まだ六歳。髪を洗ったりはママの仕事だ。

二人で入っても余裕の大きなバスタブに、竜一は喜んでお湯をバシャバシャとはねて紀久子の顔を狙ってかけた。

「ちょっと、竜ちゃん！　何も見えなくなっちゃうじゃないの」

と、紀久子は笑って言った。

お風呂を上ると、バスタオルで竜一の体を拭く。

「はい、自分で、ちゃんとパジャマ、着られるでしょ」

「うん！」

「じゃ、着ててちょうだい。ママは少しのんびり入るわ」

やっと！

紀久子は、もう一度バスタブにお湯を足して、のんびりと浸った。

髪を洗い、バスローブをはおって出て来ると、竜一はベッドでうつ伏せに手足を広げて、ぐっすり眠っていた。

紀久子は、毛布をまくり、竜一をちゃんと仰向けに寝かせた。

寝息の盛大なこと。――何があっても起きないだろう。

「――寝たか」

コネクティングルームの境のドアを開けて、蔵原が入って来た。ホテルの浴衣を着ている。

「これが落ちつく」

「そうですね」

と、紀久子は言った。「私も浴衣にしますわ」

蔵原が、紀久子の腰に手を回して来た。

「あなた……。お疲れでしょ」

と言っても、逆らえるものではない。

そのまま、隣の部屋へ。間のドアを細く開けて、

「もし竜ちゃんが目を覚ますようなことが……」

紀久子は蔵原の手でバスローブを脱がされて、ベッドに横たわった。

「明日は早くないんですの？」

「北山が起こしに来る」

蔵原はこのところ東京にいることが多いので、紀久子を抱くのは久しぶりだった。

——耐え忍ぶ他なかった日々も、もう七年の夫婦生活だ。それなりに慣れて、紀久子もうまく夫に応えられるようになっていた。

もちろん七十二歳の蔵原は、そう無理できない。それでも、多少息を弾ませ、汗ばんでいる。

「汗を流すか」

「はい」

バスルームに行って、二人はぬるめのシャワーを浴びた。

「明日、先生に会うからな」

と、蔵原はバスタオルで体を拭きながら言った。

「先生……ですか」

「葉山先生だ。竜一のことさ」

「ああ。——国会議員の先生でしたね」

「葉山先生はS学園の前の理事長だ。口をきいてもらえれば、まず合格できる」

紀久子は何も言わなかった。——そんな口ききをしてもらってまで、竜一を名門私立へ入れたくないと思ったが、そうは言えない。

「私も一緒に?」

「もちろんだ。竜一とな」

「何を着て行こうかしら。地味なスーツの方がいいですよね」

「葬式じゃないぞ。お前は若いんだ。少し明るい服にしろ」

「分りました。でも——持って来たかしら」

「会うのは夜だ。昼間、どこかで買えばいい」

「そうですね。東京なんですものね」

「ああ。やっぱり何かと便利だ」

紀久子は浴衣を着ると、

「飲む所も沢山あるでしょうけど、度を過ぎないで下さいね」

「分ってるとも」

蔵原はベッドに入って、「明りを消していってくれ」

「はい。——おやすみなさい」

「うん」

明りを消すと、蔵原はすぐに寝入ったようだった。

紀久子はもう一方の部屋へ戻って、竜一がぐっすり寝ているのを確かめた。

半分はねのけた毛布をきちんと直してやる。もちろん、また三十分としない内に、前の状態に戻るのだが。

紀久子は、もう一方のベッドに入って、じっと天井を見つめた。

こんな……こんな人生を送ることになろうとは、家を出て来るとき、想像もできなかった。栄治と手を取り合って、必死で逃げた夜のことが、今は遠い昔のようだ。

隣のベッドで寝息をたてている竜一を眺めて、もしこの子が栄治の子だったら、と考えたりする。しかし、そんな空しい夢を見るのにも疲れた。

むしろ、自分でも意外なほど、竜一のことを抵抗なく可愛いと思えているのは、栄治の死を聞いたとき、紀久子もまた「死んでいた」からだろう。

自分を押し流す運命という激流に逆らう気力もなく、ただ身を任せて来た。溺れ死のうとも思ったが、そうもならなかった。

そう。——何もかも、「どうでも良くなった」のである。

それでも、明日、竜一には何を着せようかと考えながら、眠りに落ちていく紀久子だった……。

「これでいいかしら」

試着したスーツを全身の鏡に映して、紀久子が言うと、デパートのベテランと見える女店員は、

「ちょっと地味過ぎるのでは？」

と、少しためらいながら言った。「お客様はまだお若いのですから、もっと明るい色をお召しになった方が……」

「そうかしら？　私、これでも派手過ぎないかと思ってるんですけど」

「いえ、決してそんな……」

「これでも、おかしくないですよね」

夫が年齢《とし》なので、などと言いわけするのも妙なもので、「――いいわ。これにします」

もともとの服装が地味だったので、店員の方も、そういう好みかと思ったようだ。

「かしこまりました。どこかお直しするところは……」

「直してる暇はないの。今夜着るので」

「かしこまりました」

スーツの色から見て、靴とバッグも買わなくては。――ともかく早々に決めてしまおう。

竜一にも、いわば「よそ行き」の服を選ばなければならない。蔵原からも、

「ちゃんと整えてやってくれ。先生にお会いして恥ずかしくないようにな」

と言われて来た。

「――お待たせ」

と、大きな紙袋を下げて、紀久子は、竜一のところへ戻った。

今日はデパートにお供して来ているのは蔵原の秘書の北山だ。

「お持ちします」

と、すぐに紙袋を手に取って、「坊っちゃんと車の話で盛り上ってました」

「まあ。この子、車が大好きなのよ」

と、紀久子は笑って、「靴とバッグを買ってから、竜ちゃんのお洋服を捜しましょうね」

「ママ、何か飲みたい」

と、竜一が言った。

「あら、でも、そう時間が――」

「私が、そこのフルーツパーラーに一緒に入っていますよ。奥様はお買物を」

北山にそう言われて、

「じゃあ……。竜ちゃん、ちゃんとおとなしくしてるのよ」

「うん、大丈夫だよ。僕」

もう六歳。小さな、わけの分らない子供ではないのだ。

竜一を北山に任せて、紀久子は靴の売場へと向った。

一人で、あれこれ見ながら買物していると、久しぶりにワクワクする。

こんな気分は何年ぶりだろうか。

蔵原の屋敷の辺りに、もちろん、こんなデパートはない。――東京に出て来ること自体、両親の家にいたころ以来なのだ。

「いやだわ……」

のんびりしてはいられない。――紀久子は早々に靴とバッグを買って、竜一のいるパーラーへと戻って行こうとした。

すると――女の子が、小さなハンドバッグを持って、駆けて来るのと、危うくぶつかりそうになった。

「キャッ!」

と、短く声を上げて、女の子が尻もちをつく。

「大丈夫?」

紀久子の方も、買物の袋を落としそうになった。

女の子は、キョトンとした顔でコックリと肯いた。

「あら、バッグの口が開いちゃったわね」

女の子は三つぐらいだろうか。ピンクの可愛いワンピース。大きな目を、ますます大きくして、床に座り込んでいる。

「立てる? お尻、痛くない?」

「うん、痛くない」

女の子は、よっこらしょ、と立ち上った。

「一人? ママは?」

「お買物してる」

と、女の子が言うと、

「マリちゃん!」

と、母親らしい女性が走って来た。「勝手に行っちゃだめって言ったでしょ!」

「見てただけだよ」

と、口を尖らすのが可愛い。

「あの——何かご迷惑を?」

「いえ、別に。ちょっとお話ししてただけです」

と、紀久子は微笑んで、「おいくつ?」

「三歳です。それで七五三の着物を買いに」

「ああ、七五三なんですね」

デパートの中に、そんなポスターが見えていた。

——竜一は五歳のとき、一応写真を撮ったのだった。

「さ、パパが待ってるわ」

と、まだ二十四、五かと思えるその女性は、マリという女の子の手を引いて、「失礼します」と、紀久子に会釈した。

「バイバイ」

と、マリが紀久子に手を振った。

「さよなら」

紀久子も小さく手を振り返して、「可愛いわね、女の子の服は」

と呟いた。

そして、紀久子は急いでパーラーへと向った。

「あなた、待ちくたびれた?」

ベンチの所まで来て、「あらあら」

ベンチの「パパ」は大きな口を開けて居眠りしていた。

「パパ!」

マリがつつくと、びっくりしたように、

「ああ……。眠っちまったか」

と、伸びをして、「買物、すんだのか?」

「何言ってるの。これからマリの着物を見るんじゃない」

「あ、そうか。夢の中じゃ、もう昼飯食べてたよ」

と、大欠伸して、「大食堂で食べよう」

「その前に買物!」

「分ってるよ」

マリの手を取って、若いパパ――山田英夫は、妻の後から歩き出した。

10　記憶の奥

「ここでパパを待っていましょうね」

と、紀久子は言って、竜一の手を引いて小さなパーラーに入った。

「ソフトクリーム」

と、竜一が座るなり言った。

「それはだめよ。これからとても偉い方にお会いするんだから、もしお洋服を汚したら大変でしょ」

と、紀久子は言った。

「フーンだ」

不服そうに口を尖らす竜一だったが、もう六歳。ちゃんと理由を説明すれば、わがままは言わない。

その点では、竜一は「ママが大好き」なので、ママを困らせることはめったになかった。

「ミルクティーを。竜ちゃん、プリンにする？　好きでしょ」

「うん、プリンでいい」

――紀久子は、バッグからケータイを取り出して、テーブルに置いた。

夫からかかって来るのを聞き逃してはいけない。

――国会議員、葉山哲也。

今はどこだかの大臣だ。蔵原のような、一地方の「名士」に会ってくれること自体、珍しいことらしい。

葉山と会う十分ほどのために、蔵原がずいぶん前から手を尽くしていたことは、紀久子も何となく知っていた。

それでも――本当なら、今この時間、蔵原たちは葉山大臣と会っているはずだった。

しかし、間際になって、

「一時間ほど待ってくれ」

と、葉山の秘書から連絡が入った。

子供が待っていられるような場所はない。仕方なく、紀久子と竜一は、すぐ近くのこのパーラーに入って連絡を待つことにしたのである。

一時間が、本当に一時間ですむのか、それとも「また別の日」になるのか……。

そういうこともあり得る、と紀久子は聞いていた。

正直、そんな思いまでして、竜一を東京の私立の小学校へ入れなくても、という気はする。だが、蔵原は息子への愛情を、そういう形でしか表わせない人間なのだ。

「こぼさないでね」

紀久子は、プリンを食べ始めた竜一へ言った。


ブレザーに蝶ネクタイ。ピンクのシャツ。——紀久子はいかにも「小さな紳士」然とした我が子に、つい微笑んでいた。

竜一はアッという間にプリンを食べ終り、紀久子はミルクティーを半分ほど……。

「だから、言ってるじゃねえか！」

と怒鳴り声が店の中に響き渡った。

竜一が目を丸くしている。紀久子は後ろを振り向いて、ウェイトレスがしかめっつらをしてテーブルのそばに立っているのを見た。

「困りますよ。お客様、そんなこと——」

と、ウェイトレスが言いかけると、その男の客は、

「財布を忘れて来たんだ！　仕方ねえだろ。誰だって忘れることぐらいある。お前だって飾りものの一つや二つ、忘れたことがあるだろう」

東京じゃ、あれぐらいの度胸がないと、やっていけないのかもしれない。

「いいとも。勝手にしろ」

と、男の方も、ふてくされて、引込みがつかない様子。

「ちょっと」

と、紀久子は、ウェイトレスに声をかけた。

「そちらの伝票、ここと一緒にして下さいな」

「は？　でも……」

「いいんです。こちらと合せて」

「分りました……」

ウェイトレスが、その男のテーブルの伝票を紀久子に渡した。そのとき、ケータイが鳴った。

「――はい。あなた」

蔵原からだ。

「会っていただけるそうだ！　すぐこっちへ戻

「私のことはどうでもいいです」

若いウェイトレスは、どう見ても金のなさそうな中年男が凄んで見せるのに負けずに言い返した。

「ちゃんとお代を払って下さい」

「財布がねえのに、どうやって払えって言うんだ？　教えてくれよ」

男の前には空になったサンドイッチが入っていたらしい皿とコーヒーカップがあった。

初めから、金を持っていなくて食べたのに違いないことは、誰にでも分った。

「ママ、あの人、どうしたの？」

と、竜一が訊くので、紀久子はあわてて、

「いいのよ、竜ちゃんは気にしなくて」

「じゃ、警察呼びますよ、いいんですね」

ウェイトレスも気が強い。聞いていて紀久子はつい微笑んでいた。

れ！」

蔵原の声には、珍しいほどの興奮が現われていた。

「すぐ出ます」

と言って、紀久子は切ると、「竜ちゃん、行くわよ」

紀久子は急いで席を立つと、レジで、二枚分の伝票を支払って、店を出た。

紀久子が支払っている間に、「財布を忘れた」

男は、店の表に出ていた。

紀久子が竜一の手を引いて表に出ると、

「余計なことしやがって」

と、渋い顔で言った。「礼は言わねえぞ」

「ええ。私が好きでしたことですから」

と、紀久子は早口に言って、「失礼します」

ちょうど、横断歩道の信号が青になった。

紀久子は小走りに道を渡って、大臣のオフィスのあるビルへと急いだ。

――その母と子を見送った男は、

「いいもん着てやがったな、あのガキも」

と呟いた。「だけど……」

財布を忘れたのは本当だった。わずかに百円玉が三枚、ポケットの底に引っかかっていたので、何とか電車には乗れたのだったが――。

「帰りはどうするかな……」

顔見知りのホステスのいるバーへ寄って、ちょっと飲んでから、いくらか借りようか。どうせ払いは後だ。

しかし、まだバーが開くまで大分時間がある。

大欠伸して、

「――うん？」

今の女……。あの若い母親の顔に、何となく見覚えがあった。

だけど……。あんないい家の女房のような女に知り合いがいるわけもない。

ぶらぶらと歩き出して、数歩行ったところで、大堀広は足を止めた。

「——まさか」

と、思わず呟く。「あの女……。あいつか?」

あのとき、お袋と一緒に行った女——紀久子といったか。

お袋が倒れて手術したと言っていた。しかし、どこでどうなったのか、それ以上連絡もできなかったのだ。

広は、警察とヤクザの双方に追われて、必死で逃げ回っていた。

名前を変え、ひげを伸し、地方の工事現場を転々とした。——そして何年も過ぎて行った。

母、美也子のことは、もちろん心配だった。紀久子が「命は取りとめた」と言っていたのが、唯一の希望だった。

東京へ戻って来たのは、つい半年前のことだった。しかし、誰といって訪ねるあてもない。

家の解体工事の現場で働きながら、小さなバーに、やっとなじみになったところだ。

「紀久子……」

通りの向う側へ目をやったが、もちろんあの親子の姿はどこにもなかった……。

「先生は、国会へ急いで行かれませんと」

と、葉山大臣の秘書の男性が冷ややかに言った。

「それはよく承知しております」

と、蔵原が言った。「早々に済ませますので……」

「どうぞ」

秘書がドアを開けると、「先生。蔵原さんです」

「ああ、悪いね、待っててもらったのに、ほんの数分しか取れなくてね」

「大臣」は上着に腕を通しながら言った。

「いえ、とんでもない」

と、蔵原は深々と頭を下げた。「お忙しい中、お目にかかれまして――」

「まあ、かけなさい」

葉山は、蔵原のことをまるで見ていなかった。ネクタイの曲りを気にしながら、目は机の上のケータイに、向いている。

「失礼いたします。おい、紀久子……」

「はい。家内でございます」

その声が若かったせいか、葉山は初めて蔵原たちの方へ目をやった。

そして――その目は驚きで見開かれた。

「これは息子の――」

と、蔵原が言いかけると、

「これはこれは」

と、葉山はソファの方へやって来て、「どうぞかけて下さい」

「は、恐れ入ります」

蔵原が恐縮して、ソファにかける。紀久子は並んで座ると、竜一を脇へ立たせた。

「いや、若い奥様をお持ちと伺っていたが、これほどとは」

葉山は、およそ遠慮などとは無縁の好奇の目で、紀久子を眺めていた。そして、

「失礼だが、おいくつかな?」

と訊いた。

「竜一は六歳でございます」

「いや、あなたのお年を訊いている」

と、葉山は笑って言った。

「あの――二十四になります」

「二十四か！　蔵原さん、いい奥様をもらわれてお幸せですな」

「そうおっしゃられると……」

蔵原はちょっと咳払いして、「それで、この度お伺いしましたのは――」

「ああ、分っておる。その坊っちゃんだな。名前は何という？」

「蔵原竜一！」

と、当人が勢いよく言った。

葉山は愉快そうに、

「これは元気な坊っちゃんだ」

と言った。「東京へはいつ？」

「私と竜一は昨日参りました」

と、紀久子は言った。

「それで、先生――」

と、蔵原が言いかけるのを遮って、秘書が、

「もうお出になりませんと」

と、声をかけた。

しかし、葉山はジロッと秘書をにらんで、

「馬鹿！　お客様の話を遮る奴があるか！」

と怒鳴ったのである。

「は……」

「表で待っていろ」

「分りました」

秘書は出て行った。

「失礼した。何しろ二言目には『予定』だ。――申し訳ない」

「とんでもないことで」

「お詫びに、といっても大したことはできないが、

今夜、夕食を一緒にどうかな」

「は……。しかし……」

「どうせ飯は食わねばならん。ホテルは？」

「Kホテルに」

「ああ。そこなら、私もよく行く。では秘書から連絡させるから、六時過ぎに待っていてくれ」

「はあ」

「S学園のことだったな？　心配するな。話はつける。難しいことではない」

「ありがとうございます！」

「では、後ほど」

葉山は立ち上った。蔵原と紀久子も、あわてて立った。

葉山はドアを開けると、

「お客様にお茶ぐらい出さんか」

と、秘書に言って、「言いつけろ。俺は車で待ってる」

「はい！」

秘書があわてて駆け出す。

ポカンとしていると、すぐにお茶が出て来た。

——蔵原はソファにドサッと座って、

「びっくりしたな」

と言った。

「でも、あなた……」

「ああ。学校のことは大丈夫だろう。ああおっしゃってるんだ」

と、竜一の頭をなでて、「しかし、先生はお前を見るなり態度が変ったな」

「それは——びっくりされたんでしょう。私が若いんで。でも本当でしょうか？」

「夕飯のことか？　そうだな。ともかくああ言われたら、待っていないわけにはいかん」

「そうですね」

「せっかくだ。お茶を飲んでいかんと」

「ええ」

出されたお茶をひと口飲んで、紀久子は、

「おいしいわ」

と、思わず言った。

よほどいいお茶なのだろう。香りも良かった。

「さすが大臣のオフィスだな」

紀久子は、少しためらって、

「先生とお食事って、私たちも、ですよね」

「当り前だ。先生はお前に会いたいんだ」

「そんなこと……。私は何だか――」

「心配するな。大臣だぞ。妙なことにはならん。誰でも、若くてきれいな女を見ていたいというだけのことだ」

蔵原は気にしていない様子だった。


「――さあ、お茶をいただいて、出よう」

「ええ」

竜一が不服顔で、

「僕、ソフトクリームが食べたい」

と言った。

――お茶を飲み終るまでもなく、蔵原のケータイが鳴って、二言三言で切れると、

「先生の秘書からだ。夜、七時十五分にKホテルの鉄板焼の店に来いと」

「まあ……」

「葉山先生とうまくつながりができると、俺の商売にもプラスだ」

紀久子としては、あの大臣の目つきが気に入らなかった。しかし、夫が喜んでいるのだから、文句を言うこともないだろう。

「あなた」

と、廊下へ出て、紀久子は言った。「私、何を着ればいいでしょう?」

「そうだな。せいぜい若く見える服にしろ」

蔵原は上機嫌だった。


「もしもし」

その声で、すぐに分ったが、向うはちゃんと、

「三枝です」

と名のった。

「どうも」

と、紀久子はホッとして言った。

「遅くに申し訳ありません」

「いいえ、大丈夫。もう竜ちゃんはぐっすり」

「今日、美也子さんを見舞って来ました」

「ありがとう。どんな様子?」

「食欲がおありで、お持ちした和菓子をペロリと」

「じゃ、元気なのね」

「俺のことは『どちらのお魚屋さん?』と言われて。何だか、お持ちしたお魚を気に入られて、以来俺を『魚屋』と」

「まあ、そうなの」

と、紀久子は笑った。

「そちらはいかがですか?」

「順調よ。今日、葉山先生にお目にかかったわ。竜ちゃんの小学校のこと、快く引き受けて下さったの。まず大丈夫でしょう」

「それは良かったです」

紀久子は、葉山と夕食をとったことを話した。

「――そうでしたか」

「旦那様はご機嫌よ。ワインを飲み過ぎて、部屋に戻るなり、ベッドで高いびき」

「想像がつきます」

と、三枝は笑った。「——お疲れでしょう。すみませんでした」

「いいえ！　三枝さんのおかげで助かってるわ」

「とんでもない。じゃ、これで……」

「おやすみなさい」

「おやすみなさい」

と、三枝は言って、通話を切った。

そして、静かに、ウイスキーのグラスを空けた。三杯目だ。

紀久子に電話するために、二杯は必要だった。情ないようだが、遠く東京にいる紀久子に電話する勇気が、なかなか出なかった。

すぐ近くに紀久子がいない。それは、却って三枝を辛くした。


ゆうべはきっと……。

そうだ、蔵原の旦那は、ゆうべ間違いなく紀久子を抱いただろう。

そう考えると、三枝の胸は引き絞るように痛んだ。——娘というより、ほとんど孫といってもいいような若い妻を、七十を過ぎた蔵原が好きなようにしている。

もう七年。——紀久子が、蔵原のものになると決心した、あの夜、三枝は息苦しいほど苦しんだ。いくら母親のためだとはいえ、十七歳の少女が、六十五歳の男に身を任せるのは、あまりに哀れだった。

逃げろ、と言ってやりたかった。母親のことは自分が何とかするから、逃げろ、と。

しかし、そうはいかなかった。

紀久子は蔵原の妻になり、そして蔵原ははた目にもはっきり分るほど、若い妻の肉体に夢中になっていった。

間もなく、紀久子が身ごもったと知ったとき、三枝は自分の思いを封じ込める決心をした。

だが、竜一が生まれ、紀久子が一段と「女」として輝いてくると、三枝は胸を焦がす嫉妬を抑えられずに苦しんだ。

毎夜のアルコールに救いを求めるようになる三枝の気持に気付いていたのは、女中のさきだけだったろう。

——しかし、もう紀久子はいない。

むろん、竜一が、東京の小学校へ通うのは春からだ。少しすれば二人は帰ってくる。

しかし、その後は——。

三枝は、四杯目のグラスを手にした。

11　影の中

「アケミじゃないか」

と、牧田はほとんど反射的に口にしていた。

「え？」

その女は、ずいぶん様子が変っていた。

ホステスだったころとはうって変って、「おかみさん」という雰囲気だったのだ。それでも、牧田はひと目見て、「アケミ」だと思ったのだ。

刑事としての勘というものだろう。

「まあ……。刑事さんね」

「牧田だ。憶えてるか」

「何となく、だけど」

と、アケミは肩をすくめて、「私、もう足を洗ったの。ご覧の通り、ごく普通の奥さんをしてるのよ」

「そうらしいな」

アケミは、ショッピングカートをガラガラと引張っていたのだ。

「買物帰りか」

「そう。――帰って、亭主と子供の夕ご飯の仕度をね」

「お前――」

「バーに来たお客の一人と、妙に気が合ってね。付合い出したら、子供ができちゃったのよ。それで振られるかと思ったら、『結婚しよう』って言われて」

「そいつは良かった」

「ねえ。世の中、万更、捨てたもんでもないと思ったわよ」

と、アケミはちょっと笑った。

「大分体重も増えたようだな」

「あら、そういうセクハラを刑事さんがするの？」

牧田はニヤリとして、

「今のはほめ言葉だ」

と言った。

「そういえば――あんたの上司の人、何てったたっけ？」

「富田さんか」

「そうそう。もう辞めたの？」

「いや、じき定年だが」

「そう。よろしく言って。丹波はどこかへ消えちゃったって？」

「ああ。身内でトラブルを起したんだ。不意にいなくなっちまった。たぶん消されたんだろう」

「おかげでこちらは安心できたわ」

「まあ、元気でやれよ」

牧田はそう言って、行きかけたが、「――そうだ。丹波の所にいた克二を憶えてるか？」

「克二？　――ええ、顔ぐらいは」

「どこへ行ったか、聞いてないだろうな」

と、牧田は言った。

今は仲間の山田英夫を刺した男だ。――富田もずっと気にしていた。

アケミは、ちょっと首をかしげて、

「どこへ行ったかは知らないけど……」

と言った。「この間、見かけたから、今は東京にいるんでしょ」

牧田は呆気に取られて、

「――何だって？」

と、訊き返していた。

「日野克二が?」

富田は、牧田からの電話に、思わず立ち上っていた。「確かなのか!」

牧田はケータイで、アケミと出会ったことを説明すると、

「アケミと以前同じバーにいた女が、克二と歩いてたそうなんです」

と言った。

「その女のことを――」

「名前はただ〈ルリ〉としか知らないそうですが、今は〈S〉ってバーに」

「どこの店か分るか」

「聞きました。以前、〈P〉っていってた店ですよ。M駅前通りの」

「分った。じゃ、その〈S〉を張り込むんだ」

「店が開くまで、まだ少しあるでしょう。――山田はどうしますか?」

「ああ……」

富田はちょっと考えて、「英夫は今日出張してるんだ。明日帰る」

「それじゃ……」

「あいつは克二に刺された被害者だ。克二を挙げるのは、俺たちでやろう」

と、富田は言った。

「分りました。一旦署へ戻ります」

「そうしてくれ」

「親父さん、無理しないで下さいよ。俺たちに任せて下さい」

「いや、そういうわけには――」

と言いかけて、「ともかく話は後だ」

と、通話を切った。

そして、

「そうはいかん」

と呟いた。

元はといえば、富田の代りに、英夫が刺されたのだ。

死にかけて、危うく命は取りとめたものの、英夫は記憶の一部を失ってしまった。

今は、ゆかりという妻がいて、マリという女の子もいる。——富田は、英夫を息子のように思っていた。

克二の奴を、この手で逮捕してやる！

富田はそう決心していた。

あれから七年もたって、やっとその機会が巡って来たのだ。

ケータイが鳴った。山田英夫からだ。

「——富田だ」

「あ、どうも」

「何かつかんだか？」

英夫は、このところ追いかけている連続殺人犯の佐山の手掛りを求めて地方へ行っていた。

「佐山の昔なじみという男と話しましたが、もう何年も連絡がないと」

「そうか」

「ただ——何となく気になって」

と、英夫が言った。

「どうしたんだ？」

「普通のサラリーマンなんですが、警察だと名のっても、別にいやな顔もしないんです。普通は、何ごとかと思いませんか？」

「そうだな……。お前も一人前になったな。そんなことに気が付くとは」

「そんな……。からかわないで下さい」

と、英夫は照れたように言った。

「しかし、そう深く考えなくてもいいかもしれんぞ。今は誰でもＴＶで刑事ドラマを見てるからな」

「それはそうですね」

「今夜はそっちへ泊るだろ？　夜でも、その家の様子を見に行ってみろ」

「分りました！」

英夫が張り切って言った。

「おい待て。万一――万が一、だぞ、佐山の手掛りをつかんでも、一人で動くな。いいか」

「はい。でも――」

「奴は手強い。お前一人じゃ危な過ぎる」

「もちろん。佐山が現われるとは思いませんが……」

「もしそんなことになったら、現地の署へ駆け込んで、応援を求めるんだ。もちろん、俺が連絡してやる。いいな」

「分りました。――そんなことになればいいですけど」

「ともかく無理をするな」

と、富田はくり返した。

「分ってます。それじゃ」

「今夜、一度連絡しろ」

と言って、富田は切った。

もちろん、英夫も刑事だ。目の前に凶悪犯がいたら、逮捕しようとする。

そうしなければ、相手はさらに犯行を重ねるかもしれないからだ。

我が身の危険は覚悟の上。――しかし、もちろん、そんなことにはなるまい。

人手が足りなくて、英夫一人を行かせたことを、後悔していた。

出して言った。
「まあ……。何てことはないだろう」
富田はそう自分へと言い聞かせるように、口に
出して言った。
昼間一度訪ねているとはいえ、慣れない土地で、
山田英夫は夜道を少し迷って歩いていた。
「あれ？　――こっちだったか」
都会だと、コンビニの一軒でもあって、目印に
なるのだが……。
こういう地方の小さな町では、商店も早々に閉
って、道を訊く所もない。英夫は、出て来た旅館
に戻れるかすら怪しくなってしまった。
「参ったな……」
旅館でひと風呂浴びてから出かけて来た。――
逃亡中の殺人犯、佐山の昔なじみだという男の家
を訪ねて行ったのだが、得るところはなかった。

それでも、「夜、一度様子を見に行ってみろ」
という富田の言葉で、こうして出かけて来たのだ。
それで迷子になってちゃ、お話にならない。
「――あ」
と、思わず声が出ていた。
気が付くと、捜していた家が目の前にあったの
だ。一体どこをどう回って出て来たのか……。
古い一軒家で、夜になると、板塀の隙間から明
るい茶の間が覗いている。
男の子が二人、ケンカでもしているのか、甲高
い声で叫んでいる。叱っている母親の声。
およそ殺人犯とは縁のない風景だった。
娘のマリのことを思って、ついニコニコしてし
まう。――今でも、自分が三歳の女の子の父親だ
ということが信じられない気がする。
富田から、ゆかりとの結婚を勧められたとき、

正直まだ早過ぎるとも思った。それに、自分が何者なのか、記憶は失われたままだったし。

でも、まだ二十歳を過ぎたばかりだったゆかりは、目をみはるほど瑞々しく、輝いていた。初めてのデートでキスすると、一気に結婚まで進んだ。

富田の親切に報いなければ、という思いと同時に、妻と子という宝物を大事にしなくてはと自分に言い聞かせていた。

「――引き上げるか」

と言ってみたものの、旅館へちゃんと帰り着けるだろうか、と心配になる。

しかし、にぎやかな通りへ出ればいいのだから、何とかなるだろう。

大体の方向に見当をつけて、夜道を歩き出すと、向うからタクシーが来た。空車なら、旅館まで乗って行こうかと思ったが、客を乗せている。

仕方なく歩き出すと、タクシーの停る音がして、振り向いた。

訪ねたあの家の前で、タクシーが停って、ドアが開いた。降りて来たのは、コートをはおった男で、ソフト帽を目深にかぶっている。

真直ぐ玄関へ。すると、待っていたように、玄関の戸がガラッと開いて、コートの男の姿は、中へ消えた。

まさか。――英夫は呆然として立ち尽くしていた。

顔ははっきり見えなかったが、体つきはそっくりだった。あれは佐山か?

そんな馬鹿な！　こんな偶然があるだろうか？

しかし、こんな時間に、かつての友人の家を訪ねて来る。佐山であってもおかしくない。

客を降ろしたタクシーが、少し先まで行って、

Uターンして来た。

英夫は思わず手を上げて、タクシーを停めていた。

「――どちらへ?」

と訊かれて、英夫は旅館の名前を言っていた。

タクシーが走り出す。

何をしてるんだ? もしあれが佐山なら、行って、逮捕しなければ。

旅館に戻ってどうしようというんだ?

英夫は混乱していた。――心臓が激しく打っている。

そうだ。俺は刑事なんだ。任務を果さなくては。

「停めてくれ!」

と、英夫は叫ぶように言った。

ドライバーがびっくりして、

「どうかしましたか?」

「ちょっと――ちょっと待ってくれ」

ケータイを取り出す手が震えた。富田のケータイへかける。――なかなか出ない。

早く! 早く出てくれ!

英夫のこめかみを汗が落ちて行った。

「――はい、もしもし?」

出たのは、富田の妻、夏子だった。

「奥さん、英夫です」

「あら、どうしたの?」

「富田さんは――ご主人はいますか?」

「今、お風呂に入ってるの。何か急用?」

「ええ、そうなんです。呼んで下さい!」

英夫の声が普通でないことに気付いたのだろう、夏子は、

「待って。すぐ――」

と言うと、風呂場に駆けつけたらしい。「あな

た！」

「何だ？　入ったばかりだぞ」

「英夫ちゃんから。急な用ですって」

「分った。ちょっと待て」

英夫はホッと息をついた。富田に話せば、すべて手配してくれるだろう。こんな出張には拳銃も持って来ていない。

「——おい、どうした？」

「富田さん！　今——」

と言いかけて、英夫は凍りついた。

タクシーの窓の外から覗き込んでいるのは佐山だった。

「ドアを開けろ」

ドライバーに命じた。その手に拳銃がある。

ドアが開くと、佐山は乗り込んで来て、英夫の頭に銃口を突きつけると、ケータイを奪って、床へ落とし、踏みつけた。

「俺をしつこく追い回してた刑事だな」

と、佐山は言った。「こんな所まで、ご苦労だった」

英夫は、こめかみに押し当てられた冷たい銃口の感触に「死」を意識した。しかし、実感として分らない。

こんなことが——現実なのか。

「あの家は俺の古い友人なんだ」

と、佐山は言った。「迷惑はかけたくない。俺のことを訊いてもむだだ」

佐山はちょっと息をついて、

「お前、ずいぶん若いな。いくつだ？」

「二十……六です、たぶん」

「何だ、その『たぶん』ってのは？」

「記憶を失くして……」

「へえ。そんな奴がいるのか。名前は?」

「山田……英夫」

佐山は、英夫の左手のリングを見て、

「女房持ちか」

英夫は肯いた。

「子供はいるのか」

「女の子が……。三歳の」

もう二度と会えないのだろうか? ——英夫は目を閉じた。

「おい、駅までやれ」

と、佐山はドライバーに言った。

タクシーが走り出す。

駅までは十五分ほどだ。——少し手前で、佐山は停めさせると、

「殺しゃしない」

と言った。「女房子供が可哀そうだからな。だが、しばらく追って来られないようにするぞ」

ドアを開けさせると、佐山は車を降りて、ドライバーへ、

「病院へ連れてってやれ」

と言うと、引金を引いた。

12　転機

「脚の付け根に弾丸が入っていて、手術で取り出しました」

　と、医師が言った。

「それで……」

　と、富田が口ごもった。

「骨が一部砕けているので、人工関節を入れるとかしないといけないでしょう。ただ、この病院ではできないので……」

「東京へ運んでも大丈夫ですか」

「それ用の車を頼めば。看護師を付き添わせますよ」

「よろしく。——あの、ちゃんと元通り歩けるようになりますか」

　医師はちょっと困ったように首をかしげて、

「それは何とも……。手術の後、リハビリを根気よく続ける必要はあるでしょう。うまく行けば……」

「分りました。今、会えますか」

「痛み止めで、少しボーッとしていると思いますが」

　——富田が病院から連絡を受けて、この町へやって来たのは、翌日の夕方だった。

　一人でやるんじゃなかった！　——その思いが、富田を苦しめていた。

　ベッドで眠っているようだった英夫は、富田がそばへ行くと、目を開けて、

「富田さん……。すみません」

　と言った。

「お前が謝ることはない。俺のミスだ。すまん」

と、頭を下げる。

「やめて下さい。僕がもっとうまく動いてたら……」


少し言葉がもつれて、英夫は口をつぐんだ。

「いや、俺のせいで、お前を二度もひどい目にあわせちまった。全く……」

「僕は大丈夫です……。それより……」

「佐山のことは、ともかくこの近隣に手配してある。まあ、奴のことだ、引っかからないだろうがな。そうだ。治療に東京へ連れて行く。車と病院の手配をつけるから」

「どうもすみません。富田さん、ケータイ、持ってたら、ゆかりにかけてもらえますか?」

「ああ、もちろん」

「僕のは、佐山に踏み潰されちゃったんですよ」

「じゃ、俺のを使え。俺は病院の電話を借りる」


富田のケータイに、ゆかりの番号も登録してあった。かけると、すぐに出て、

「山田です」

「ゆかり……」

「あなた! どうなの、具合?」

「生きてるよ。大丈夫だ。東京の病院に移してくれるそうだから……」

「良かった! 会いに行けるわね」

そう言いながら、ゆかりが泣いているのが分って、英夫は胸をふさがれる思いだった。

「ゆかり、ごめん。心配かけたな」

「そんなこと……。謝らないでよ。富田さんも、わざわざうちにみえて、お詫びされてたけど、こういうことだって……。でも、生きてるんだもの」

「ああ。——けがの方は、そう軽くはないらしい

けど、そっちへ戻って、きっと良くなるよ」

「ええ、そうよ！　マリはパパに抱っこしてもらわないとご機嫌が悪いの」

「マリ……。元気にしてるか？」

「ええ、さっきまでぐずってたけど、今は眠ってる。写真、送るわね」

「ありがとう。でも東京で会える。僕のケータイは佐山に壊されちゃったんだ」

「まあ、ひどい。でも――殺されなくて良かった」

と、ゆかりは言って、「私、凄く怖いこと言っちゃった！」

「本当のことだよ。僕を殺すのは簡単だったけど、佐山は僕に妻子がいるのか訊いて、殺さないでおいたんだ。――何を考えてたのか分らないよ」

「そう……。私にはどうでもいいの。あなたの元気な姿を見たいだけよ」

「たぶん明日には会えるさ」

「待ってるわ」

――英夫は、ゆかりに新しいケータイを手に入れておいてくれるように頼んで、通話を切った。

話していると、またゆかりが泣き出しそうだったのだ。

少しして、富田が戻って来た。

「明日の昼ごろ、ここを出る。ちゃんと横になって行ける。ここの看護師もついて来てくれるからな。俺は東京の病院で待つことにするよ」

「忙しいのに、無理しないで下さい。佐山の足取りは分りましたか？」

「まだだ。――今はだめでも、必ず逮捕してやるからな」

「そのときは、僕も一緒に」

「分った」

富田は笑って、英夫の手を握った。「ともかく今はゆっくり休め。結局はそれが良くなる一番の近道だ」

「はい……」

英夫は、完全に消えることのない痛みをこらえて、小さく肯くと、目を閉じた。


「お帰りなさい」

と、玄関へ出て来て、三枝は言った。

「ただいま！」

竜一が靴を脱ぎ捨てて上り込む。その弾みで靴は引っくり返ってしまった。

「竜ちゃん！　お行儀が悪いわよ！」

と、紀久子は苦笑いしながら、「ただいま。留守中、色々ありがとう」

「いえ、とんでもない。お荷物を」

三枝は玄関へ下りると、サンダルをはいて表へ出て行った。

「三枝さん、大荷物よ」

と、紀久子が声をかける。「お土産が沢山あるから」

車から降りた蔵原が、

「ご苦労」

と、三枝の肩を叩いた。

「いえ、お疲れでは……」

「疲れやせん！　竜一の学校の件も、うまく行ったしな」

「おめでとうございます」

紀久子は、竜一の靴を揃えて、蔵原が入って来ると、

「あの子、革靴に慣れてないから、足が痛いの

「はぁ」

両手一杯の荷物を一旦廊下へ置くと、「旦那様、何か……」

「さきも、ちょっと座ってくれ」

三枝はさきとチラッと目を見交わした。

二人が並んで座ると、蔵原はソファに寛いで、

「四月から、竜一は東京のS学園小学校に通うことになった。名門中の名門だ」

「おめでとうございます」

と、さきが言った。

居間に入って来た紀久子は、さきと三枝のこわばった顔を見て、クスッと笑うと、

「早く、肝心のことを言ってあげて下さいな、あなた」

と言った。「二人とも、クビになるのかって、気が気じゃないのよ」

「おい、三枝も来い」

と、蔵原がネクタイをむしり取るように外すと、

「うん。その前に、ちょっと話がある」

「お着替えをなさいますか」

さきが居間で待っていた。

「──お帰りなさいませ」

蔵原は、紀久子が息子の進学のことに熱心になるのが嬉しそうだった。

「それはいい考えだ」

「ええ。──でも、これは取りあえず合うのを買いましたけど、時間がありますから、ぴったりして、楽なのを注文して作らせてはどうでしょう」

「そうか。しかし、春からはそれをはいて学校へ通うんだ。少し慣れさせせんとな」

と言った。

よ」

「おい……。そうなのか?」

と、蔵原は笑って、「そうじゃない。東京での暮しが主になる。俺は向うで北山って秘書を雇ったが、紀久子と竜一のことは面倒をみる人間が必要だ。お前たちも、一緒に東京に来てくれないか」

三枝とさきが顔を見合わせた。

「――色々事情もあるでしょうから、無理にとは言わないわ」

と、紀久子は言った。「もちろん、ご飯を作ったりは私がやるけど――」

「いいえ!」

と、さきがいつにない大きな声で言った。

「坊っちゃんのお好きな味は私が一番よく知ってます! 私に家事はすべてお任せ下さい」

「私も、ぜひお供を」

と、三枝が言った。「車の運転も私が」

「東京の道路は大変よ」

と、紀久子が言った。「慣れるまではタクシーで」

「よし、話は決った」

蔵原は立ち上って、「おい、紀久子、晩飯の前に風呂へ入る」

「お仕度を」

さきがさっさと立って行く。

三枝は、荷物を運んで行った。

「竜一もお腹が空いてるでしょう」

と、紀久子は言った。「私も着替えます」

「紀久子」

「はい?」

蔵原は紀久子の体に腕を回して引き寄せると、

「一緒に風呂に入ろう。背中を流してくれ」

と言った。

蔵原の視線は、紀久子の服の下の若い体を見ていた。

「はい」

紀久子は肯いて、「でも、竜ちゃんを着替えさせてから……」

と言った。

「あれがルリです」

と、牧田が言った。

「タクシーを拾うな」

と、富田は肯いて、「尾行しろ」

もう少しで夜中の十二時になる。バー〈S〉は少し前に店を閉めていた。

ホステスのルリは、そう若くはなく、かなりくたびれた印象の女だった。

「店が流行ってないんですね」

と、牧田は言った。「今夜だって、三、四人しか来てないし」

富田は、もしルリが日野克二と会うのなら、必ず逮捕してやる、と決心していた。

山田英夫が克二に刺されて死にかけた。

しかも、富田の代りに。

ルリがタクシーを停めた。都心の方向へと向って行く。

牧田は車を出して、適当な間を取ってタクシーを追った。

富田は上着の上から、そっと身に付けた拳銃を確かめた。克二はナイフを使わせては一流の腕で、若い者から恐れられていた。

しかし――克二が逃走して七年だ。

ああいう世界は、一年でもいなくなると、勢力関係が変ってしまう。誰もが、他を蹴落としてでも、上に上りつめようと思っているのだ。

七年も姿を消していれば、おそらくかつての弟分たちも、もう克二のことなど相手にしないだろう。

ナイフの腕も鈍っているかもしれない。

しかし、油断はしない。もちろん、殺さずに逮捕したいと思っているが、いざとなったら、ためらわずに引金を引こう。

「――タクシーが停ります」

牧田は車を道の端に寄せた。

タクシーからルリが降りたが、そのまま待たせている。

そして、ルリは古ぼけたビルの中へと小走りに入って行った。

「富田さん……」

「うん。克二を迎えに来たんだ」

少しして、ルリは、コートをはおった男と腕を組んでビルから出て来た。

「克二だ」

富田は、久々に「犯人を追い詰める」興奮を覚えていた。

牧田は無線で、

「日野克二を発見。タクシーで新橋方向へ向っている」

と、連絡した。

「富田だ」

と、代って、「絶対に逃がさないぞ。全員銃を携帯すること」

と言った。

この車の位置は署でつかんでいる。先回りして逃げ道をふさぐようにできれば。

タクシーが幹線道路から外れて、オフィスビルの並ぶ道へと入って行った。交通量が少ないので、尾行に気付かれる恐れがある。

牧田は少し間を空けたが、あまり空けると見失う心配がある。

「その先で押えよう」

と、富田は言った。

「しかし、まだ手配が――」

「このままじゃ逃げられる」

向うは尾行に気付いている。――富田は長年の勘でそう思った。

タクシーが左折して、ビルの間の道へと入って行った。

牧田がその角を曲ると、タクシーが目に入った。

「待て」

と、富田は言った。「克二は降りたぞ」

「降りた?」

「角を曲ってすぐ、一人だけ降りたんだ。タクシーはルリ一人だろう」

「どうします?」

克二がまだタクシーに乗っている可能性もある。

富田は迷わなかった。

「停めろ。俺はここで降りる。お前はタクシーを追え」

「危険ですよ!」

「大丈夫だ! 停めろ」

車が停ると、富田は助手席から急いで降りた。牧田はタクシーを追う。

この辺りに人員を駆けつけさせているだろう。しかし、五分や十分では難しい。

富田は拳銃を抜いて、安全装置を外した。この辺でタクシーを降りたとすると、どこか暗がりの中に潜んでいるだろう。

富田は、暗くなると視力が落ちる。——ただでさえ、辺りは暗く、人の気配がない。

ポケットを探って、ペンシルライトを取り出す。これでもないよりはましだろう。

点灯してみると、電池が古くなっているのか、頼りないような弱々しい光だ。

古いオフィスらしい建物がいくつか並んでいる。今は全く明りも消えてしまって、建物の間はほとんど真暗だ。

畜生……。あんな所に隠れたら、まず見付けられない。

しかし、諦めるわけにいかないのだ。何としても——。

何かが落ちた。硬い金属のような音をたてた。

「——誰だ」

と、富田は精一杯力をこめて言った。「克二だな。出て来い！　逃げられないぞ」

拳銃を握る手に汗がにじむ。

じっと耳を澄ましたが、何も聞こえない。

あいつは、「どうせ撃って来ない」と思っているだろう。確かに、警官が犯人を射殺することはめったにない。

しかし、今は別だ。

富田は暗がりへ向けて、引金を引いた。

銃声が辺りに響く。もちろん、当りはしないだろうが、本気だと分ったろう。

「克二！　撃たれたくなきゃ、おとなしく出て来い」

その暗がりへ一歩近付いたとき、突然横から克二のナイフが富田の腕に切りつけた。

拳銃が落ちる。富田は右腕を切られて、よろけた。

克二のナイフが富田の左脚を刺した。

呻いて、富田はその場に倒れた。――血が流れ出て、コンクリートに血だまりが広がる。

「――あんたか」

と、克二は富田の顔を覗き込んで、「まだ刑事をやってたのか？　もうとっくに引退したと思ってたよ」

富田は苦痛に目がくらんで、何も見えなかった。――こんなはずじゃなかったのに。

「年寄りの冷や水だ。危いことは若いのに任せとけば良かったのにな」

と、克二はちょっと笑って、「のんびりしちゃいられねえ。気の毒だが、長くはねえだろう。迷わず成仏しろよ」

富田は必死で体を起すと、

「追い詰めてやる！」

と、絞り出すように言った。

「そうか。じゃ、最後にひと突きして、息の根を止めてやろう。礼にゃ及ばねえ。早いとこ痛くなくなるからな」

克二が富田へ歩み寄る。

そのとき、銃声が響いた。――克二がフラッと揺らいで、膝をつくと、崩れるように倒れる。

「親父さん！」

牧田が駆けつけて来た。「しっかりして下さい！」

「お前か……。殺したのか……」

「たぶん。心臓に当ってます」

「そうか……」

富田はホッとしたように言って、ぐったりと横たわった。

牧田が必死で救急車を呼んでいる声が段々遠ざかり、やがて富田は意識を失った……。

13　桜の日

「入学おめでとうございます」

講堂に、女性校長の声が響いた。

紀久子は、きちんと身じろぎもせずに椅子に座っている竜一をじっと眺めていた。

「ちゃんとしてるじゃないか」

と、隣の蔵原が小声で言った。

「ええ。——しっかりして来たわ」

紀久子は、いつの間にか涙ぐんでいて、そっと指で目をなぞった。

胸が熱くなる思い。——こんな気持になるとは思わなかった。

愛していたわけでもない男の子供でも、我が子には違いない。——入学式の光景に感動はあっても、しかし、そこには複雑なものが胸の奥深く渦巻いていた。

これが、栄治さんの子だったら。隣に座っているのが小山栄治だったら……。

考えても仕方ないことだと分っていても、つい思い浮かぶ。夜道を二人で逃げたあの夜のこと。

思ってもみない成り行きは、紀久子を今名門小学校の入学式へと連れて来た。

父母席から見る子供たちは、いかにも小さく、心細そうに見える。中には父母席の方を、親の顔を求めてキョロキョロと捜している子もあった。

紀久子は、自分たちが、父母席の中で目立っていることに気付いていた。あまりに年齢の行った父親と若い母親と。

どういうご両親なのかしら。

チラチラとこちらを見る周囲の親たちの視線を、

紀久子は感じていたが、あまり気にしてはいなかった。

もし逆の立場だったら、やはり見てしまうだろう。といっても、ほんの一時のことだ。みんなすぐに忘れる。

蔵原の方は、むしろ目立つことが嬉しいようだった。——紀久子は、あの田舎町に暮していたころとは別人のように、自信たっぷりに、胸を張っている姿に、ちょっと当惑していた。

竜一の入学について、口をきいてくれた葉山議員はこのところＴＶによく顔を出す。

大臣として、ＴＶのインタビューにもよく出て来る。

紀久子からすれば、七十五歳というのは、国会議員として、年齢を取り過ぎているように思うが、当人は全く引退する気などなくて、

「これから私の時代が来る」

と思っているようだ。

一緒に食事をしたときも、今進められている大きなプロジェクトに、自分がいかに係って来たかという話に終始した。

「あと十年もすれば——」

自分がそのころ何歳になっているか、全く考えていない。権力者とはこういうものか、と紀久子は半ば感心し、半ば呆れていた。

人のことは言えないわ。——夫も七十二歳なのだ。

竜一が二十歳のとき、八十六歳。いくら元気でも、今のままとはいくまい。

竜一が二十歳……。

紀久子は、今、小さな竜一の姿を見ていて、もっと先の、成長した竜一をどうしても想像できな

かった。

空想してみると、紀久子を見下ろすほど背の伸びた竜一が、「母さん」と肩に手をかけている姿は、いつの間にか栄治になっていた。

栄治さん……。竜一は、あなたのような大人になってくれるかしら。

そう。私は竜一を育てよう。栄治さんをもう一度取り戻すつもりで……。

でも――。紀久子は思わず笑みを浮かべた。

竜一が二十歳になったら、私だって三十八歳になるんだわ。きっと、お腹の辺りが太くなった立派な「おばさん」になる……。

栄治さんが会いに来てくれても、誰だか分らないかもしれない。

会いに来る？　幽霊になって？

そう。あなたはもう年齢を取らない。いつまでも十九歳のまま。

「――何を考えてる」

と、蔵原が小声で言った。

「え？　別に……」

「何だかニヤニヤしてたぞ。楽しいことでもあったのか」

「そりゃあ……。竜一のことでしょ」

「私立校は、母親同士の付合も大変らしいぞ。着物でも作っとけ」

紀久子は現実に引き戻されて、固めの椅子に座り直した。

新入生が一人一人、名前を呼ばれて、「ハイ」と返事をして立ち上る。

「あの子だわ」

と呟く。

「蔵原竜一君」

と呼ばれると、竜一は講堂中に響き渡る声で、

「はい！」

と言って立ち上った。

あまりの元気の良さに、父母席で笑いが起った。

名前を読み上げていた男性教師もちょっと笑って、

「これは元気一杯だね」

と言った。

紀久子は顔が熱くなるのを感じた。


車椅子の扱いにも大分慣れた。

山田英夫は、病院の廊下を進んで行った。

ちょうど病室から出て来たのは——。

「奥さん」

と、英夫は呼びかけた。

「ああ、英夫ちゃん」

富田の妻、夏子は微笑んで、「毎日ありがとう。疲れない？」

「大丈夫ですよ。——具合はどうですか？」

少し声を抑える。

「そうねえ……。もう年齢《とし》だから、なかなか傷も治らないようね」

「まだ痛みが？」

「ときどきね。夜中は我慢しちゃうみたいなの。ちゃんと夜勤の人がいるんだから、呼べばいいのに。変なところで頑固なのよ」

と、夏子は苦笑した。「ポットのお湯を換えてくるわ」

「今、眠ってる？」

「いいえ、起きてニュースを見てるわ」

——英夫は病室の中へ入って行った。

四人部屋の、奥の方のベッド。

ベッドを囲っているカーテンを少し開けると、

「だらしない！　全くグズなんだからな！」

と、富田がいきなり言った。

「親父さん」

「何だ、英夫か」

富田は小さなＴＶを見ていた。「いや、ニュースを見てると、つい苛々してな」

「もう少しのんびりした方が。苛々するのは体に悪いですよ」

と言ってから、「自分のことを棚に上げちゃいけませんね」

と笑った。

「リハビリはどうだ」

「きついです。五分もやると汗びっしょりですよ。でも、いつか歩けるように……」

「ああ。お前は若い。大丈夫さ。俺とは違う」

「親父さんだって、まだ六十前ですよ。今なら若い内です」

「よせよせ。俺はたぶん二度と起きられん」

「そんな……」

何か言いたかったが、医者でもない身で、勝手なことは言えない。

確かに、日野克二のナイフの傷は深く、一時は出血多量で危なかったという。——ふしぎなもので、英夫も同様だったのだ。

克二は牧田に射殺された。もっと苦しめてやりたい、と英夫は思ったものだ。

寝たきりの富田は、わずかの間にずいぶん老けた。

世話をしている妻の方も、白髪が目立つようになった。

英夫は、富田が自分のために克二を追って、焦っていたのだと分っていた。たとえ逃がしても、もっと広く手配を広げておけば……。

富田は、結局自分の手で克二を「やっつけ」られなかったことで、悔んでいた。

「ともかく、奥さんのこしらえるお料理をしっかり食べて下さい」

と、英夫は言った。

「動かないいんじゃ、腹もへらんよ」

と言った富田が、「おい!」

突如声を上げた。

「どうしたんですか?」

「ニュースを見ろ」

画面に出ていたのは、佐山の写真だった。

「これまでも複数の殺人事件に関与していたとみられる佐山満は、今回ガードマンを射殺して逃走しています」

アナウンサーの言葉に、英夫は血の気がひいた。

銃口を頭に突きつけられたときの恐怖が、よみがえって来た。

富田はケータイを手に取ると、部下へかけた。

「牧田か? おい、聞いたか。——その後の情報は?」

富田は別人のように勢い込んで話している。

「——何だと?」

戻って来た夏子がびっくりしている。

「奥さん。——僕はもう戻ります」

「ええ、気を付けてね……」

英夫は車椅子を必死に動かして、富田の病室から離れようとした。

佐山という名前から、逃げ出した。

「お世話になりました」

と、もう何度めかのお礼の言葉を、紀久子は口にした。

「いや、どうということはない」

と、こちらも同じセリフをくり返していた。

もちろん、紀久子の言うのは、竜一が無事名門小学校に合格したことだ。

「子供は――何といったかね」

「竜一でございます」

「そうそう、そうだった」

と、葉山が言った。

――ホテルのラウンジの個室。

「今日は主人が急な用で来られず、申し訳ございません」

と、紀久子は言った。

「いや、そんなことは……。蔵原さんも忙しそうだ」

「何ですか、仕事仕事で……。私にはさっぱり分りません」

そう言って、紀久子はそっとコーヒーを飲んだ。

「ところで……」

と、葉山は一息ついてから、「こんなことを訊いてはいけないのかもしれないが……」

紀久子は、マンションを出るとき、蔵原に言われたことを思い出した。

蔵原は来られなかったわけではない。わざと紀久子を一人で行かせたのだ。

「葉山先生は、お前に会いたいんだ」

と、蔵原は言ったものだ。「きっとあれこれ訊かれるぞ」

「どうお答えしたらいいの？」

「好きにしゃべればいい」

と、蔵原は気軽に言った。「話がドラマチックな方が、先生も喜ぶだろう」

「あなた……。私、落語家じゃないのよ」

と、紀久子はちょっと夫をにらんだ……。

「あ、うっかりしておりました」

と、紀久子は大きめのバッグから、風呂敷に包んだものを取り出すと、「どなたにお渡しすればよろしいのでしょうか。私、本当に気がきかないので……」

当然、個室の外には秘書が待機しているはずだ。

「ああ、そこへ置いといてくれ」

と、葉山はテーブルの隅の方へ目をやって、

「どうせ、十分もしたら、うるさい秘書が呼びに来る」

「お忙しいことですね」

「そう……。ゆっくり会って話を聞きたいと思っている。分るだろうか——」

「主人との出会いのことでしょうか」

「分ってくれてるんだな」

「私が他人なら、やはり訊いてみたいと思います」

「出会ったとき、あんたは——」

「十七でした。主人は六十五で」

しかし、栄治のことや、たまたま一緒になった大堀親子のことは話すわけにはいかない。何といってもあの二人は強盗だったのだ。

「——病で倒れた母のことを、すべて面倒みてくれていたのが蔵原でした。その縁で……」

「なるほど。しかし、話はそう単純ではあるまい」

と、葉山は微笑んで、「いずれ改めてゆっくり話を聞きたい」

「お忙しいのに……」

「そう毎晩パーティ巡りをしているわけではない

よ。ああ、それから念のために言っておくが」

「何でしょうか」

「あんたを誘惑するつもりはない」

「——まぁ」

紀久子はちょっとわざとらしく笑った。「私のような田舎者を……」

「いやいや、充分に魅力的だよ。しかし、私は女房に頭が上らない。一緒に酒を飲むぐらいなら見ないふりをしてくれるが」

そこへ、ドアが開いて、背広にネクタイの若い男性が入って来た。

「先生、そろそろお時間が」

「もう行くのか？」

葉山はちょっと不服そうだったが、「いつもこんな風だよ」

と、紀久子へ言って、ゆっくり立ち上った。


「それを持て」

と、風呂敷包みへ顎をしゃくる。

秘書はそれを脇に抱えると、ドアを開けて、葉山を通した。

個室を出たところで、葉山は振り向くと、立って見送っている紀久子へ、

「ご苦労だったね」

「いえ、お目にかかれて——」

「また会おう」

葉山と秘書が出て行き、ドアが閉ると、紀久子はホッと息をついた。

ただの七十五歳の老人だが、人を疲れさせる威圧感があった。

風呂敷包みには、百万円の束が五つ、入っていた。竜一のS学園入学に口を利いてもらったお礼だ。

いくら出せばいいのか、誰にも訊けず、蔵原は大分悩んでいたが、最終的には、何と紀久子に、

「いくらにすればいいかな」

と、相談して来た。

蔵原が、そんなことで紀久子の意見を訊くことなどなかったので、びっくりしたものだ。

結局、五百万ということで落ちついたのだが、蔵原は紀久子が同意すると安心した様子だった。

包みの大きさで、中身は分っていただろうが、少しも意外そうでなく受け取ったことに、紀久子はやはり驚いていた。あの秘書にしてもそうだ。ごく当り前のようだった。

「凄い世界ね……」

と、紀久子は呟いた。

14　傷痕

ウォーッという呻き声を上げて、身をよじるように暴れる。

「大丈夫。——大丈夫よ、あなた」

山田英夫を懸命に抱きしめるのは、妻のゆかりである。

それでも呻き続ける夫を、必死で抱きしめて、

「お願い。——お願い、落ちついて。マリが起きるわ」

英夫は全身で何度も深く呼吸すると、やっと静かになった。

「——すまない」

英夫は、かすれた声で言った。

「いいのよ」

ゆかりは、夫の髪をそっとなでる。

髪は汗でじっとりと濡れていた。

「マリは……」

「見て来るわ」

ゆかりはベッドを出て、隣の部屋へ入って行った。——英夫は両手で顔を覆った。

何も見えないように。しかし、それは目を閉じても、見えているのだ。

記憶。——目に焼きついた記憶は消せない。

「大丈夫よ」

と、ゆかりが戻って来て、「よく寝てるわ」

「そうか」

「シャワー、浴びる？　着替えを出しておくわ」

「うん、頼む」

英夫はベッドから出たが、床に両足を付けるタイミングがずれて、転んでしまった。

「あなた！」

びっくりして、ゆかりが駆けつけた。

「何ともない。ちょっと——体のバランスが崩れただけだ」

英夫は立ち上ろうとして、ふらついた。

「焦らないで、あなた」

ゆかりが夫の腕を取って支える。

「大丈夫だ。一人で立てる」

英夫はつい苛立った声を出した。

「ええ、でも……」

英夫は取りつくろうように、

「一人でやらなきゃな。いつまでも仕事に戻れない」

と言った。

バスルームに入ると、汗を吸った下着とパジャマを脱ぎ捨てた。

バスタブに入ってシャワーを浴びるのだが、またぐという動作が、どうしても不安定になる。

シャワーの栓につかまって、何とかバスタブに入ることができた。

シャワーで、少しぬるま湯を浴びて、汗を流す。

「畜生……」

と、思わず呟いた。

いつまで、こんなことがくり返されるのか……。

悪夢。——あのタクシーで、佐山の拳銃がこめかみに突きつけられた、あのときの恐怖が、よみがえって来ると、悲鳴を上げそうになるのだ。

人工関節を入れる手術はうまく行ったのだが、どうしても撃たれたときの苦痛の記憶が消えず、しっかり歩けない。

杖を突くのはいやだった。——そんな状態では刑事に戻れない。

「きっと……あいつを……」

佐山は、今も逃げている。

富田は、日野克二に刺された傷の回復が思った以上に手間取って、結局、定年までには復帰できないことがはっきりした。

佐山を自分の手で逮捕したいという願いは叶わなかった。

英夫は一日でも早く復帰して、富田の代りに佐山を逮捕したかった。しかし——こんな悪夢でうなされるようでは、とても……。

シャワーを浴びてからゆっくりとバスタブを出ると、ゆかりがバスタオルを手に立っていた。

「ありがとう」

「背中、拭くわ」

ゆかりが、英夫の後ろへ回って、バスタオルで背中から脚へと拭いた。

——ベッドに戻ると、英夫はしばらくじっと天井を見ていた。

「——あなた」

と、ゆかりが言った。「仕事を移ったら?」

「何だって?」

「警察を辞めてと言ってるんじゃないわ。刑事だけでなく、事務の仕事とか、色々あるでしょ」

「とんでもない」

と、英夫は即座に言った。「佐山みたいな奴を野放しにはできない」

「他の方たちが捕まえてくれるわよ。焦ると脚にも良くないわ」

「心配いらないよ。もう少ししたら、歩けるようになるさ。佐山の奴を、何としても……」

そう言いながら、英夫は分っていた。こんな状態では、とても刑事には戻れないということが……。

「——寝るよ」

英夫は、ゆかりからそれ以上言われる前に目を閉じた。

なかなか寝つけなかった……。


「おい！　ちゃんと連絡してあるんだろうな」

短気な一人が、誰に訊くでもなく、声を上げた。

「大丈夫だ。まだ二十分遅れてるだけじゃないか。苛々するな」

と、たしなめたのは牧田刑事だった。

「牧田さん」

と言ったのは、山田英夫だった。「今、ケータイに奥さんからメールで、『出る仕度に手間取って、ごめんなさい』って言って来ました」

「そうか。じゃ、もう少し待とう」

牧田は、他の面々を眺めて、「どうしても我慢できない奴は、ビールでも飲んでろ」
二、三人が飛びつくようにビールの栓を抜いてグラスに注いだ。
「僕、迎えに行って来ますよ」

と、英夫が言った。

「いや、お前はここにいろ。親父さんは車椅子だろ？」

「どうですかね。奥さんには訊きませんでしたけど」

「俺が行く。おい、司会、頼むぞ！」

牧田は広い個室から出て、店の正面玄関へと駆けて行った。

「おい、英夫、まだ痛むのか？」

先輩の刑事に訊かれて、英夫はちょっと詰ったが、

「──たまには少し痛みますけど、大したことないです」

と答えた。

本当のところは、そんなものではない。痛みはいつもついて回った。

夜は睡眠薬を呑まないと眠れなかった。いつまで続くのだろう? こんな状態が。

──富田の〈定年退職ご苦労さん会〉だった。

職場の同僚たちが、中華料理店の広い個室に集まっていた。

「おい、英夫、椅子にかけてたらどうだ」

「いえ、大丈夫です」

英夫はステッキを買って、杖にしていた。妻のゆかりが、洒落たデザインの物を買って来てくれた。

本当なら、リハビリを頑張って、元の通りに歩いたり、走ったりできるところまで行きたかったのだが……。

富田も、結局日野克二に刺された傷が深くて、定年を迎えるまで、出勤して来ることはできなかった。

そして今日、富田は退職の日を迎えるのだ。

十分ほどして、牧田が部屋へ戻って来ると、

「今着いた。奥さんが車椅子を押してる。誰か若いのが行って替ってあげろ」

「俺が!」

若手で、腕力のあるのが、駆け出して行った。

──英夫は、自分が行けないことが辛かった。

それでも、今はそんな思いを見せてはいけない。みんなで、「親父さん」の労をねぎらうのだ。

「さあ、主役の入場です!」

司会をつとめるのは、「一番声のでかい」部下

だった。「拍手で迎えよう！」

ビールを飲んでいた者も、グラスをテーブルに置いた。一斉に拍手が盛り上る。

牧田がドアを開けて、押えていた。

先に、夏子夫人が入口に姿を見せて、

「今日はどうも……」

と言いながら頭を下げた。

そして、車椅子の富田が入って来た。

拍手が——一瞬、当惑したように、勢いを失った。

しかし、もちろんすぐに、司会の、

「親父さん、ご苦労さま！」

という声と共に拍手は一段と大きくなったのだが。

英夫にとってもショックだった。他の部下たちよりは、ときどき富田家に顔を出している英夫だが、それでも、「え？」と目を疑うような光景を目にすることになった。

車椅子に座った老人は、すっかり白髪になり、それも薄くなって、ひどく老け込んでいた。そして、車椅子の中で、富田は縮んでしまったように見えた。

白く乾いた頬の感じ。そして、何よりも、いつもの不屈の闘志が感じられなかったのである。

車椅子が入って来ると、みんなが立ち上って迎えた。

「——親父さん。親愛の情をこめて、そう呼ばせていただきます！」

と、司会が言った。

署長などのお偉方を呼んでいないので、にぎやかな集りになった。

「酔っ払わない内に」

と、牧田が言った。「親父さんから、何かひと言」

しかし、富田はちょっと微笑んで、黙って首を振るばかりだった……。

料理が出て、アルコールが入ると、アッという間に、いつもの飲み会と同じになってしまう。

それでも、富田はむしろ気が楽なのか、ニコニコしていた。

一時間ほどして、

「おい！　花が枯れちまうぞ！」

と、誰かが言い出し、やっと「花束贈呈」になった。

事務をこなす女性課員が、花束を車椅子の富田へ渡す。——富田は困ったような笑顔だったが、一応受け取って、カメラにおさまった。

英夫は、花束を受け取るとき、富田が女性に何か小声で言っているのを見ていた。女性の方は、ちょっと面食らったような表情をしただけだった。

富田は花束をテーブルに置くと、妻の方へ向いて、ちょっと肯いて見せた。

「トイレですか？　はいはい」

夏子は立ち上った。

「押して行きましょうか」

と、牧田が腰を浮かしたが、

「いいの。慣れてるから」

と、夏子は微笑んで見せると、車椅子のストッパーを外して、押して行った。

富田の姿が見えなくなると、同じ円テーブルで隣同士に座っていた英夫と牧田は顔を見合せた。

「口に出せなかったが……」

と、牧田が言った。「親父さん、老けたな」

「ええ」

英夫は肯いて、「老けただけじゃなくて、弱ってる感じですね」

「全くだ。あんなに生気のない様子なのは初めて見た」

他の面々は、もうほとんど富田のことなど忘れたように、ただ騒いでいた。

「やっぱり、佐山のことが気になってるんだな」

と、牧田が言った。「どこへ逃げてるのか……。何としても逮捕してやる」

「僕のせいで克二に――」

「よせ。お前がそんな風に考えたら、却って親父さんの負担になる」

「はい」

「お前も無理するなよ。まだ脚は痛むんだろ?」

「いくらかは。――でも、必ず復帰しますよ」

と、英夫は力をこめて言った。

「ともかく、少し食べろ。ほとんど食べてないだろ」

「はあ」

英夫は大皿から料理を取り分けると、食べる方に専念した。

少しして、

「奥さん、どうしたんです?」

と、牧田が言った。

夏子が一人で戻って来たのだ。

「主人、戻らなかった?」

「いえ。どうして……」

「いなくなっちゃったのよ。主人がすんで、私もトイレに行ったの。主人には『ちょっと待っててね』と言って。でも、トイレから出てみると、主人がどこにもいない……」

夏子はひどく不安そうだった。

「行ってみましょう」

と、牧田が立ち上る。

「僕も行きます」

英夫もすぐ後を追って行った。

「外へ出るわけないと思うんだけど」

と、夏子が言った。

「しかし、他に行く所が」

牧田は足を速めて、「ともかく玄関から出てみましょう」

英夫も懸命について行く。

中華料理店から表の通りへ出たときだった。

車の急ブレーキの鋭い音が響いて、少し先の信号で、大型トラックが急停止した。そして、後続の乗用車がトラックに追突して、クラクションの音が鳴り渡った。

「——何かあったな」

牧田は緊張して、「奥さん、こちらで待っていて下さい」

と言うと、信号の方へ駆け出す。

夏子も呑気に待ってはいられなかった。英夫も止めなかった。

そして英夫自身も信号へ向って急いだ。

まさか！　——停止しているトラックの前輪に押し潰されているのは、車椅子だった。

「親父さん！」

牧田が叫んだ。「救急車だ！」

英夫がすぐに通報した。

夏子が呆然として立ちすくんでいる。

英夫は、横断歩道に丸まるようにして倒れている富田を見て青ざめた。

「こいつが出て来たんだ！」

と、大声を上げているのは、トラックから降りて来たドライバーだった。

「牧田さん――」

「英夫。――奥さんを頼む」

牧田はぐったりと横たわる富田のそばに膝をついていた。

「本当だ！　信号は赤だったのに、車椅子で……」

ドライバーも気が動転して、オロオロするばかりだった。

「分ってる」

と、牧田が言った。「あんたのせいじゃないよ」

「どうした？　死んじまったのか？」

「まだ息はあるが……。助からないだろう」

「牧田さん……」

「死ぬつもりだったんだ。生きて行く張り合いが失くなったんだろうな」

「あなた……」

夏子がよろけるように歩み寄った。

「奥さん……」

「分ってたわ」

と、夏子は放心したように呟いた。「きっと、こんなことになると……」

牧田が、富田の胸に耳を押し当てていたが、

「――亡くなりました」

と言った。「残念です」

夏子がその場に崩れるように倒れた。

「何かあったのかしら」

車の後部座席で、紀久子が言った。

「事故のようですね」

ハンドルを握っている三枝が言った。

「時間がかかりそう？」

「ちょっと様子を見て来ます」

三枝が車を出て、前方へ駆けて行った。

紀久子の膝に頭をのせて眠っていた竜一が目を覚まして、

「どうしたの?」

と言った。

車のクラクションで起きてしまったのだろう。

三枝がすぐ戻って来ると、

「車椅子の年寄りが倒れてます」

と言った。

「まあ。救急車が来るわね」

「もう亡くなってるようですよ。車椅子はトラックの下で潰れてます」

「気の毒に。少し遅れるって主人に電話しておくわ」

「しかし、このままじゃ……。ちょっと強引にUターンしましょう」

三枝は前後の車との間を見ながら、小刻みに車を動かして、対向車線へと割り込んだ。

「何とか間に合いますよ」

三枝の、少々乱暴な運転に、

「三枝さんも、すっかり東京のドライバーさんね」

と、苦笑して言った。

「いや、しかし東京はやはり事故の多い所ですね。渋滞してるから却って大事故になりませんが、小さな事故は……」

「そうね。亡くなる人はそういないけど。——車椅子のお年寄りって……」

「どうも自殺らしいです」

「本当?」

「トラックのドライバーが、誰かれつかまえて言ってましたよ。『俺のせいじゃないんだ』って」

竜一が紀久子を見て、

「どうして死んじゃったの、その人?」

と言った。

「分らないわよ。色々、辛いことがあったんでしょう、きっと」

——死にたくなるほど辛いことが。

そう。私だって……。あのとき、死んでいてもおかしくなかった。

栄治さんを失って、絶望していた。——五十歳近くも年上の男に身を任せたのは、私にとって「生きているというだけの死」と言ってもよかった……。

蔵原に初めて抱かれた一夜が明けたとき、紀久子は、「私、どうして生きてるのかしら?」と思った。二度と眠りから覚めないはずだったのだが。

ああ……。それから七年もたった。

今、こうして我が子を身近に置いて、何不自由なく暮している。確かに、これはこれである種の幸福なのかもしれない。

でも、心の深いところでの悲しみと絶望は決して消えていないのだ。

紀久子は、車椅子で死を選んだというその年寄りに、親しみを感じた。きっと、生きて行くことに、何の意味も見出せなくなったのだろう。

あなたの気持は、よく分ります……。

「——奥さん」

三枝の声で、紀久子はハッと我に返った。

「え? 何?」

「おやすみでしたか?」

「いいえ、起きてるわよ。ただ、少しボーッとしてただけ」

「じき着きます」

「そう。遅れなかったわね」

「十分前には着きます」

三枝が得意げに言った。

15　過去の中

「お疲れさま」

「ありがとうございました」

と、紀久子はていねいに頭を下げた。

「また来月ね。楽しみにしてるわ」

「私なんかで……」

「若いセンスで。ねえ」

「そうそう。本当よ！」

夫人たちの間に上る声には、明らかに「若過ぎる母親」へ、紀久子への、やや意地悪な気配が聞き取れた。

「では失礼いたします」

車を待たせている人も、タクシーを拾う人もいる。

紀久子だって、そのつもりになれば、三枝に頼んで車を使えないことはない。

しかし、二十四歳の紀久子が、運転手付きの車を乗り回しては、ただでさえ口さがない他の母親たちからどう言われるか。

――「私立名門校に入ると、母親同士の付合が大変」とは聞いていた。この「月一回ランチを食べる会」はその一つである。

毎回七、八人の母親たちが集まってランチを食べる。――それだけのことだ。

「――困ったわ」

一人になると、紀久子は呟いた。

次のランチをどのレストランでとるか、それを決めるのは、グループのメンバーが回り持ちで担当するのだ。

「来月は蔵原さんね」

というわけで——。

しかし、東京にまだ日の浅い、それに高級フレンチなどの味にも慣れていない紀久子には、どの店がいいかなど全く分らない。

「誰かに相談しましょ」

一人になって歩いて行くと、可愛いフルーツパーラーが目に入った。背の高いグラスに山盛りのフルーツとアイスクリーム。

思わず、紀久子は店に入っていた。

「いらっしゃいませ」

ウェイトレスもピンクの制服。

「ええと……。フルーツパフェ、下さい!」

ためらわずオーダーした。

太るかしら?　いいわ、一度くらい。

気を付けてはいたが、やはり外食の機会も増えるし、料理もおいしい。——実のところ、いくつかの服はやや、ややきつくなりつつあった……。

「お待たせしました」

目の前にすると、そのフルーツとアイスの山に圧倒される。でも、きっとペロリと平らげてしまうのだ。

早速、天辺に乗ったチェリーとメロンを食べる。

——すると、パフェを運んで来たウェイトレスが、テーブルのそばを離れずにじっと立っていて、

「——紀久子さんですか?」

と言った。

「——え?」

顔を上げると、

「あの……昔お店で……。良子です」

紀久子は目をみはった。

「まあ!　本当だ!　良子ちゃん!」

両親の店で働いていた女の子たちの中で、気が

合ったのが良子だった。栄治と駆け落ちしたとき、店に電話して話したのが良子だった。

「いつ東京に出て来たの？」

と、紀久子は訊いた。

「三年前です。向うじゃ仕事もないし、親が亡くなって」

「そうだったの」

「あ、仕事が——。お昼の三十分の休みが取れるんです。いいですか、少し？」

「もちろんよ！」

パフェを食べ終るころ、良子はエプロンを外して、紀久子のテーブルにやって来た。

「——紀久子さん、とっても立派な感じで」

「ちっとも。夫のお金で好きにしてるの」

「今は東京に？」

「ええ。息子が名門って言われてる私立の小学校に入ったんでね」

「じゃ、お母さんですか！　ご結婚されたのは聞いてましたけど」

——竜一を生んでから、紀久子は正式に入籍して、そのとき初めて実家が倒産していたことを知った。

両親は夜逃げ同然に姿をくらまして、消息が知れなかった……。

紀久子は胸が痛んだが、竜一の子育てに追われて、悩んでいる暇はなかったのだ。

「——偉い方と結婚されたんですね」

と、良子は紀久子の話に目を丸くした。「じゃ、あの——栄治さんとは」

「それが……。ある事件の巻き添えを食って、殺されてしまったの」

「まあ……。辛かったですね」

「それより、良子ちゃん、今いくつだっけ？」

「三つ上の二十七です」

「ああ、そうだった。今は一人？」

「というか……」

「彼氏がいるのね」

「あんまり役に立たないんですけどね」

と、良子は苦笑した。「今、お子さんが小学生って……」

「十八で生んで、今、六つよ」

「へえ！　――本当、いいとこの奥様って感じですよ。二十四なんて、とても見えない」

「これも運命ってものよ」

と、紀久子は水を飲んで、「もう行かないと。――嬉しかったわ」

「ええ。またぜひいらして下さい」

「通うのはいいけど、どんどん太りそう」

と、紀久子は笑って言った。

――良子は、店を出た紀久子が、ごく当り前の様子でタクシーを拾って乗って行くのをガラス越しに見送っていた。

紀久子のケータイのメールアドレスを教えてもらった。

「何か……役に立つかも……」

と、良子は呟いた。

安原良子は同棲している男の子を身ごもっていた。しかし、結婚して子育てするような余裕はとてもない。

そんなとき、紀久子と出会った。――これは思いがけないプレゼントかもしれない。

もちろん、住む世界はあまりに違うが……。

そこへ、

「休憩、終りだろ」

と、店長の声が飛んで来て、良子は我に返った……。

シャワーを浴びて出て来ると、

「あなた――」

と言いかけて、紀久子はやめた。

もう蔵原は軽いいびきをかいて眠り込んでいた。

「朝でいいわね」

紀久子を抱いていても、蔵原は途中で寝入ってしまうことが多い。仕事は忙しく、ストレスもたまっているのだろう。その解消にと紀久子をベッドに呼ぶ。

しかし、もう七十二だ。――本当のところ、紀久子は夫の体が心配だった。

「一度人間ドックでも」

と言うのだが、蔵原は、

「その内な」

と言うばかりだ。

竜一はまだ小学一年生だ。父親には当分元気でいてもらわなくては……。

「――あら」

ケータイが鳴った。――夜、一時を回っている。夫のケータイだが、起きる様子はなかった。

手に取って驚いた。あの葉山からかかっている。秘書だろうか?

「――蔵原でございます」

と、紀久子が出ると、

「奥さんか。夜分申しわけない。ご主人は?」

葉山本人である。紀久子は急いで夫を揺さぶって起した。

「あなた! ――お電話よ」

「うむ……。何だ?」

蔵原は目を開くのもやっと、という様子だったが、

「葉山先生から。ご本人よ」

と言われてから、一瞬間を置いて、

「――分った。おい、水を一口くれ」

「待って」

あわてて洗面所からコップで水を持って来る。

蔵原は一口飲んでちょっと咳込んでから、やっとケータイを受け取った。

「お待たせしました。蔵原です」

「夜中にすまん」

「いえ、とんでもない。何か――」

「君に頼みたいことができた」

「はあ」

「今から来られるかね?」

「それはもちろん……」


そばで話を聞いていた紀久子は自分のケータイを急いで取って来ると、三枝へかけた。

「三枝さん、ごめんね、こんな時間に」

「どうかしましたか? 旦那様の具合でも?」

当然そう考えるだろう。

「――分りました。すぐ伺います」

と、蔵原の言うのが聞こえた。

蔵原があわてて背広を着ている。

「ネクタイはなくていいでしょう。今、三枝さんが車を」

と、紀久子は夫の髪を直してやって言った。

「さすがだ」

蔵原が微笑んで、「何の用か分らんが……」

「気を付けてね」

夫を送り出してから、紀久子はそっと子供部屋のドアを開けた。

竜一が威勢よく掛け布団をベッドの下にけ落として、おへそを出して眠っていた。

パジャマを直してやり、布団をかけて、紀久子は居間に入って明りを点けた。

——何ごとだろう?

いくら政治の世界が常識外れだといっても、夜中に人を呼び出すのは、まともじゃない。

紀久子は、眠る気にもなれず、ガウンをはおって居間のソファに身を委ねた。

思い立ってキッチンに行くと、コーヒーをいれた。ソファで、そっとコーヒーの香りに包まれると、少し神経のたかぶりが治まって来た。

——蔵原との七年。夫婦とはいえ、紀久子はいつも夫との間に流れる冷ややかな空気を感じていた。

それでも、父親としての蔵原には感謝もしていたし、紀久子もあまり束縛されることなく暮していられるのが、夫のおかげだとも分っていた。

だが——蔵原が、あの遠い地方の町で名士でいられたころから、今変ってしまったと感じていた。

確かに、蔵原は東京での仕事に成功していたし、一流ホテルで食事をするのも当り前になっていた。それでも、実業界の有名なトップの人々に比べれば、蔵原はほとんど無名の経営者の一人に過ぎない。

正直なところ、紀久子は蔵原がこれほど権力に憧れる男だとは思っていなかった。年齢からいっても、もう若くないのだから、今、こうして楽な暮しができていて、それで充分だ……。

だが、蔵原は「権力」の魔力に捉えられているように見える。その目指す先にいるのが、葉山だった。夫が、TVのニュースなどで葉山を見ると、

「やっぱり葉山先生は大したもんだ」

と、決って口にするのが、紀久子には気になった。

葉山から見れば、蔵原など大物でも何でもないだろう。――その葉山が、真夜中に蔵原を呼びつける。

紀久子はいやな予感がした……。

ゆかりは、フッと眠気に襲われていた。

公園のベンチに座り、マリがブランコで遊んでいるのを眺めている内、気付かぬ内に眠っていたのである。

幼稚園からの帰り、マリはときどきこの公園で遊んで行く。近所で仲のいい子が、別の幼稚園からの帰りに、ここで一緒になることがあるのだ。

今日、その子はいなかったのだが、マリは一人で「遊んで行く」と言って聞かなかった。

「気を付けてね」

ブランコから落ちて、膝をすりむいたりするのは珍しくない。でも――そんなことまで気にしていたらきりがない。

――ゆかりが眠いのは、寝不足になることが多いからだ。

夫、山田英夫が夜中にうなされたりすることは少なくなったが、それでも一晩二晩と続くと、ゆかりは疲れてしまう。

リハビリが思うように進んでいないので、夫が苛立っていることは分っている。しかしだからといってゆかりに当られても……。

ゆかりだけではない。マリが甘えて行っても、苛々とはねつけることがある。

夫に同情はしながらも、ゆかりは疲れていた。

――いつまで続くのだろう。

一瞬の眠りを、鋭いブレーキの音が破った。

ハッと目を開けると――目に入ったのは、無人で揺れているブランコだった。

「マリ？　――マリ！」

公園の中に、マリの姿がない。

立ち上ったゆかりは、公園の外の通りで停っているトラックを見た。

「おい、大丈夫か！」

ドライバーが降りて来る。

ゆかりは、マリがトラックの前から抱き上げられるのを見て青ざめた。コートをはおった男が、泣いているマリを抱えていた。

「マリ！」

ゆかりは駆け出した。


「いや、危なかったね」

トラックのドライバーが、汗を何度も拭って言った。「トラックの下へ巻き込んじまったら、命はなかった」

「すみません！」

まだ泣いているマリをしっかり抱っこして、ゆかりは言った。「一人で遊ばせていて……ついウトウトしてしまったんです」

「礼ならその人に。間一髪で、その子を抱き上げた」

ドライバーに言われなくとも、ゆかりはマリを抱き上げてくれたコートの男に、「本当に――本当にありがとうございました！」

と、何度も深々と頭を下げた。

「いやいや」

と、男は首を振って、「ほら、頭を下げる度に、子供さんが落とされそうになって怖がってるよ」

「でも、あの――」

「膝こぞうをすりむいて血が出てる。早く手当してあげなさい」

「はあ……」

と言いかけて、「あの――おけがを！」

「フロントのバンパーに引っかけてね、子供さんを抱き上げたときに」

ゆかりは、男が隠そうとしていた左手首から血が流れ落ちているのを見て、青ざめた。

「あの――今、救急車を呼びます」

「とんでもない。放っときゃ自然と血は止るよ」

男はハンカチを取り出して、けがをした左手に巻いたが、すぐに血がしみ出て来る。

「あの――うちはすぐそこなんです」

と、ゆかりは言った。「どうぞ。せめて手当を
――」

「そうですか。それではお言葉に甘えて……」

男はコートの下は背広にネクタイ。メガネをかけて、営業マンかという印象だった。

――ゆかりは家へ戻ると、マリの膝のすりむいたところを消毒してからキズテープを貼った。

マリも、もう痛くないようで、ケロリとして好きな絵本を読み始めた。

「申し訳ありません」

と、ゆかりはやっと高橋という名の男性の傷の手当をした。

出血はほぼ止っていたが、ゆかりはていねいに包帯を巻いて、

「あの――ぜひお医者様に診せて下さいね」

と言った。

「心配しなくても大丈夫」

と、高橋は笑顔になって、「ご主人は会社？」

「ええ……。というか……主人は刑事なんです」

「ほう。奥さんも何かと大変だろうね」

「私は別に……」

と、ゆかりは微笑んで、「高橋さんはお仕事で？」

「まあね。平凡な営業マンだよ」

「じゃ、この辺にお客が？」

「足で稼がないとね。――どうもありがとう」

「今、コーヒーでもおいれします」

「構わないで。もう行かなくては」

「すみませんでした、本当に」

マリを昼寝させる時間になっていたので、ゆかりはあえて引き止めなかった。

玄関で靴をはいて、高橋は、

「おっと」

傍に立てかけてあったステッキを倒してしまったのだ。

「あ、どうぞそのまま」

「これは――ご主人の？」

「はあ……。仕事で、ちょっと負傷しまして」

「それは大変だ。いや、仕事柄、危いことがあるだろう。どうぞお大事に」

「ありがとうございます」

ゆかりは、客が出て行って、鍵をかけると、ホッと息をついた。

マリのことではショックを受けたが、あの高橋という男と話をして、緊張が柔らいだ気がした。

そう。――ああいう落ちつきのある男性と話をしたのは、久しぶりの気がする。

英夫に気をつかって、疲れていた自分に改めて気付いた。

「マリちゃん、お昼寝しましょうね」

と、我が子にかける声も、いつになくやさしかった……。

足を止めて、振り返る。

偶然とは面白いものだ。

山田英夫の住いを捜していたときに、その娘を助けることになろうとは。

もし、山田英夫が非番で家にいたら、どうなっていたか。

高橋と名のった男——佐山は、タクシーを停めた。

「——銀座へやってくれ」

座席に寛いで、佐山はメガネを外した。

警察の内部事情に詳しい男と話していて、あの山田英夫のことを聞いた。

彼を殺さなかったことは、後悔していない。しかし、それほどひどい傷を負わせたつもりはなかった。

今も、山田英夫が杖を突いて歩いていると知って——どういうわけか、自分でもよく分らなかったが、住所を調べて、見に行ったのである。

そして、娘を助けた。——佐山の中では、山田への償いだったかもしれない。

あの若い妻は、全く佐山に気付かなかったし、おそらくそうと知ることもないだろう。

「何を考えてるんだ……」

と、佐山は呟いた。

もう二度と、あの母娘に会うことはあるまい……。

16　極秘

竜一を学校まで送って、紀久子は少し急いで帰宅した。

電車通学する新一年生は、方向によってグループ分けされている。竜一はそう長く乗るわけではなく、もう電車も慣れていたが、学校の規則で、まだしばらく親が付き添う。

そういうところは、名門の「古さ」で、今は働く母親も増えているので、必ずしも子供について来られない。そこは母親同士で話し合って、お互い子供を引き受けたりしていた。

紀久子は若くて、仕事を持っているわけでもないので、同じクラスの母親から付き添いを頼まれることが多かった。

竜一が他の子と仲良くなるのには好都合なこともあり、紀久子はたいてい快く引き受けていた。

いつもなら、少しゆっくり帰宅するのだったが
ただ今朝は――。

……。

「お帰りなさいませ」

「さきさん、主人は？」

玄関を上りながら、紀久子は訊いた。

「さっきお帰りになりました」

と、さきが言った。

「そう」

紀久子はホッとして、「それで……」

「お疲れのご様子で、すぐおやすみに」

「寝たの？」

「はい。昼まで起すなとおっしゃって」

紀久子は、そっと寝室を覗いた。

暗い中、蔵原の寝息が聞こえている。

大丈夫そうだ。――議員の葉山に夜中に呼び出されて行き、丸一日帰らなかった。

連絡もないので、心配していたのである。

ともかく、無事だったのだ。

竜一を送って行く途中で、夫が帰宅したというメールが三枝から届いていた。

「奥様、旦那様は……」

と、さきが不安げに言うと、

「今は話せないの。主人が目を覚ましたら、何か言ってくれるでしょう」

「さようですか」

「心配してくれてありがとう」

と、紀久子は微笑んで言うと、「朝、ほとんど食べなかったから、お腹が空いたわ。お茶漬でも」

「はい、すぐに」

何か言いつけられた方が、さきは安心するのだ。

着替えて来ると、もう食卓にちゃんとお茶漬と漬物が出ている。

「あの人、仕事のことで何か言った?」

と、紀久子は訊いた。

「いえ、何も。たぶん北山さんが――」

「そうね。電話してみるわ」

仕事のことは、秘書の北山が心得ているだろう。

手早くお茶漬を食べ終えると、紀久子は北山のケータイにかけた。

「――社長からは、『午後まで待て』とだけ言われています」

というのが北山の返事だった。

「そう。ありがとう」

では、北山はたぶん蔵原から何も聞いていないのだ。

居間でコーヒーを飲んでいると、

「奥様」

三枝が声をかけて来た。

「今、連絡しようと思ってたの。入って」

と、紀久子は言った。

三枝はソファにかけると、

「奥様もお疲れでは」

と言った。

「私は大丈夫。でも、主人は……」

「大分お疲れのご様子です」

「何があったの？　私は何も聞かされてないけど」

身をのり出すようにして、紀久子は訊いた。

「私もよく分らないんです」

と、三枝は首を振って、「あのとき、夜中に旦那様をお送りしたのは、初めて伺うマンションでした。そこの駐車場で、二時間ほど待っていましたが、ケータイに連絡があって」

「何と言って？」

「しばらくかかるから、心配しなくていい、とおっしゃって、でも、『そこでそのまま待機していろ』と……」

「妙な話ね。――じゃ、三枝さん、ずっとそのマンションに？」

「お待ちするのは一向に構いません。それが仕事ですから」

と、三枝は言った。「ただ、駐車場の車の中で仮眠を取ったりしていたのですが――」

「何かあったの？」

「明け方に、車の出入りがありました。見えませんでしたが、何かバタバタして。――そして今朝早くに、旦那様が急に車の所へ来られて、『帰る』とだけ」

「それで真直ぐ？」

「いえ、それが……」

と、三枝はためらった。

「どうしたの？」

「一時間ほど、寄られました」

「どこへ？」

「はあ……」

「言って。私に隠しても仕方ないでしょ」

「はい。――麻布の方のマンションで、最近たまに寄られるんですが」

紀久子は困惑した。

「それって……。女の人の所？」

「さあ、それは何とも……」

「まあ」


――紀久子は、どうして今まで思い付かなかったんだろう、と思った。

仕事上での付合のできた人たち――やはりたいていは蔵原同様、六十過ぎの男たちだが、何となく耳に入って来る噂は、

「妻以外に女がいる」

という話が多かった。

それでも、紀久子ほど若い妻を持っている人はいないので、蔵原はよく羨ましがられたりしていたものだ。

しかし、妻が若くても、あの手の男性たちにとっては、「妻以外の女がいる」ことが肝心なのかもしれない。

蔵原が、そういう手合の「仲間」になるために、女を作ったとしてもふしぎではない。

「――もちろん、そうとは限らないですが」

と、三枝が気をつかって言った。

「いいのよ。もしそうでも、私は別に構わない。でも、主人はここへ真直ぐ帰って来たくなかったのね」

「申し訳ありません」

「三枝さんが謝ることないじゃないの」

と、紀久子は笑ってしまった。「それより三枝さん、疲れてるでしょ。ゆっくり休んでね。主人が出かけるなら、タクシーでも呼ぶわ」

「いえ、そんな――」

「お腹は？　何か食べた？」

「いえ……。車を離れるわけにいかず……」

「じゃ、何かさきさんに言って、こさえてもらったら？　それとも、近くのレストランで」

三枝は少し安堵した様子で、

「では、ちょっと失礼して……」


と、腰を浮かしかけたが、「――しかし、奥様。あの葉山という議員ですが、どうも信用ができないです」

「同感だわ」

と、紀久子はしっかり肯いた。


蔵原が起きて来たのは午後三時に近かった。

「もうこんな時間か」

と、自分で呆れたように言って大欠伸をした。

「お仕事、大丈夫ですか？」

と、紀久子は言った。「北山さんが心配して電話して来ました」

「ああ、こっちからかける」

と、蔵原はガウン姿で伸びをした。

国会議員の葉山から夜中に呼び出されたのは何の用事だったの？　――紀久子はそう訊きたかっ

たが、蔵原があえて呑気そうにしているのを見て取って、おそらくその件について話したくないのだろうと察した。

　夜、寝室で二人になったときにでも訊いてみよう、と思った。

「私、竜ちゃんを迎えに行く時間なので、出て来ます」

と、紀久子は言って、居間を出た。

もう仕度はすんでいたので、すぐ出かけた。

　小学生の父母は忙しい、と聞いていたが、私立は公立小ほどではない。

　しかし、公立校とは違う忙しさがあった。

　母親同士のお付合もあるが、学校行事の多いことにびっくりした。

　体育祭という、小学校での運動会の他にも、遠足、見学会、夏休みにも、林間学校、海水浴、プールの日、秋になると、学芸会、文化祭……。

　ほぼ毎月、何かのイベントがある。しかも、

「すべての行事について、両親の参加が望ましい」

と言われている。

　一年間はアッという間に過ぎて行くだろう。

　幸い、竜一は活発で、物おじしない性格だ。少なくとも、今のところ学校を楽しんでいるようだった。

「――間に合うわ」

　少し足取りを速めた。

　下校はそれぞれ予定もあるので、別々である。一年生の一学期は、学校まで迎えに行くことになっている。

　校門が見えて来たところで、紀久子のケータイが鳴った。

「――蔵原でございます」

と、歩きながら出ると、

「奥さんですな」

「あ、葉山先生――」

「ご主人をお借りして申し訳ない。無事帰られたかな？」

「はい。ついさっきまでぐっすり眠っておりました」

「お疲れだな。だが、心配には及ばん。そう言っておきたくてね」

「わざわざ、恐れ入ります」

そう言ってから、とっさに紀久子は、

「あの、それで主人はお役に立てましたのでしょうか」

と言っていた。

葉山が、そのまま切ってしまいそうだったからだ。紀久子にそう訊かれるとは思っていなかったようで、葉山は数秒、どう答えたものかと考えていたらしかった。

「――もちろんですとも」

と、葉山は言った。「奥さんにも、少々ご負担をかけることになるだろうが、決して悪いようにはしない。信じてくれていい」

「かしこまりました」

では、と切ってから、紀久子はホッと息をついた。

奥さんにも負担をかける？

あれはどういう意味だろう。――蔵原は何も言っていないが。

訊いてみよう。それとも、蔵原の方から切り出すだろうか。

「負担をかける……」

そのひと言が気になったが。

「いけない。遅れるわ」

足を止めて葉山と話していた。紀久子は校内へと歩き出した。

「おい」

と呼ぶ声が、自分に向けられたものか分らなかったが、紀久子は声の方へ目をやった。

ちょっとくたびれた感じの男が、紀久子を見ていた。——この人、どこかで……。

「この前、食事代を払ってくれたろ」

と言われて思い出した。

「ああ、あのときの。——私に何か?」

足を止めてはいられなくて、歩き続けていたが、男もついて来る。

「あんた——松崎紀久子だろ」

そう言われて、びっくりした。

「え?」

「俺だ。大堀広だ」

一瞬間を置いて、紀久子は息を呑んだ。

「——広さん!」

「憶えててくれたか」

「もちろん! でも——どうしてここへ?」

「週刊誌のグラビアで見た。何とかいう政治家のパーティの写真に、あんたが写ってた」

と、広は言った。「あのとき、後になって気が付いたんだが、もう見えなかった。写真に出てたのは、あんたと亭主か」

「ええ。でも——」

紀久子は焦った。「ごめんなさい。子供を迎えに行かなきゃいけないの。ゆっくり話していられないんです」

しかし、広に母親のことを言わなくては、と思った。それには時間がない。

「広さん、お願い。今は時間が。分って下さい」

「分った。どこかで――」

「今は無理。今日は話していられないの」

「それならいい。一つだけ教えてくれ」

と、広は早口で言った。「お袋はどうなった？　どこにいるんだ？」

「広さん。――美也子さんは……」

紀久子が口ごもると、

「お袋は死んだのか」

と、広は言った。「そうなのか」

「いいえ。美也子さんは生きてます」

広が息を呑んで、

「それじゃ――」

「お願い。今は……」

紀久子は、「ごめんなさい！」

と言って、校門へと駆け出していた。


このマンションだ……。

三枝は、正面の入口に立って、ロビーの様子をうかがった。

――ここへやって来たところで、どうなるものでもない。

三枝も、蔵原をこのマンションに送って来てはいるが、どの部屋に用があるのかまでは分らない。

ただ――じっとしていられなかったのだ。蔵原が、紀久子を、いわば権柄《けんぺい》ずくで妻にしておきながら、ここに他の女を置いているとしたら、あまりに紀久子に対してひどい仕打ちだと思った。

紀久子はあまり気にしていないようではあったが、内心はどうだったのか。やきもちをやきはしないかもしれないが、蔵原の妻として、従順につとめている身には辛いのではないか……。

「俺が気にすることじゃないか……」

と、マンションのロビーに入って、三枝は呟いた。

三枝は、紀久子の代りに、蔵原のやりように怒っていたのだ。そんな自分の気持を分っているだけに、自嘲気味に思わざるを得なかった……。

――マンションは、あまり新しいとは言えない。この辺りは高級住宅地でもあり、いかにも高そうなマンションも目につく。

そんな中では、地味な作りのマンションである。ロビーに入っても、受付のカウンターはあっても、人はいない。

〈ご用の方はインターホンのボタンを押して下さい〉

という注意書きとボタンがあるだけ。

三枝は、並んでいる郵便受を見て行った。名前の入っていない部屋がほとんどだ。

こんな所で突っ立っていても仕方ない。

三枝は肩をすくめて、マンションから出ようとした。

そのとき――エレベーターがチンと音をたてて、扉が開いた。

振り返ると、マンションからひどくあわてた様子で年輩の女性が出て来た。髪を振り乱して、目を大きく見開いて、どうもただごとではない。

三枝を見ると、その女性は、

「お願い！」

と、上ずった声で、「車を――タクシーを停めて下さい！」

「どうしたんですか？」

三枝がびっくりして訊くと、

「急いで――病院へ」

「具合が悪いんですか?」

「娘が――娘が薬を飲んだの! 早く病院へ――」

と、涙声になっている。

「待って下さい。落ちついて。娘さんがどうしたんです?」

「薬を――沢山飲んだの! 早く病院へ……」

「それは――死のうとして? そうなんですか? だったら救急車を呼ばないと」

「いえ、それは――娘が困るんです。タクシーで病院へ」

「落ちついて! 病院といっても――」

「この先の先生の所へ。そこまで連れて行けば」

どうやら、救急車を呼んだりしたくないらしい、と三枝は察した。

「分りました。僕の車がある。それで行ってあげますよ」

「え? 本当ですか?」

「ともかく娘さんを連れて来ないと。部屋へ行きましょう」

こんなことに係っていいものか、とも思ったが、放っておくわけにもいかなかった。

エレベーターで三階に上ると、その女性が駆けて行き、〈303〉のドアを開けて中へ入ると、

「美沙! 美沙!」

と叫びながら奥へ入って行った。

三枝も上って、奥へ入ると、ベッドで苦しげに息をしているネグリジェ姿の女性が目に入った。

死のうとして睡眠薬でも飲んだのか、床に白い錠剤がいくつか散らばっていた。

「しっかりして、美沙!」

と、取り乱すばかりの女は母親だろう。

「抱えて行きますよ」

三枝は毛布でその若い女性をくるむと、抱え上げた。小柄な体は軽々と運べた。

「ああ、お願いします！　この子を……」

「病院まで案内して下さい。しっかりして下さいよ」

お節介とは思いながら、三枝はその女性を抱えて、部屋を出た。

「ちゃんと見ておけと言ったろう！」

七十は過ぎていようというその医者は、母親を叱りつけた。

「すみません……。でも、まさかこんなことを……」

母親は、口ごもりながら言い訳するばかりだった。

「それで、先生――美沙は助かりますか」

「大丈夫だ」

と、医者は言った。「薬は吐かせた。休めば良くなるよ」

「ああ！　良かった」

「しかし、また同じことをくり返したら、どうなるか保証せんぞ」

口やかましい医者は、ちょっと昔風の印象だった。

あの母親が娘を連れて来たのは、マンションから車で五、六分の個人病院だった。

話の様子では、以前からここの病院で診てもらっているようだ。

三枝は、ともかくここまで娘を運んで来て帰っても良かったのだが、やはりどうなるのか気になって、診察室の外で待っていた。

「あんたはどういう知り合いだね?」

と、医者が顔を出して、三枝に訊いた。

「いや、知り合いというわけじゃないんです。たまたま居合わせただけで」

それを聞いて、医者はちょっとびっくりした様子で、

「そいつは大変だったな」

と言った。「まあ、心配ないよ。あの子は前にも自殺未遂をやらかしていてな」

「そうですか。もう失礼しますよ」

「待ってくれ。ここは入院できん。以前は入院患者もいたんだが、人手がなくてな。すまんが、連れて帰ってくれんか」

「はあ……」

そう長く待ってはいられないが、一時間ほどで連れて帰れるというので、仕方なく待つことにした。

「——申し訳ありません」

母親が恐縮している。

「まあいいですよ。今日は休みなのでね」

と、三枝は言った。「あのマンションにはお二人で?」

「はあ……。私は本多信子と申します。娘は美沙といって……」

「まだお若いですね」

「十九になったばかりです」

と、本多信子は言った。「色々とありまして……」

「いや、何も言わないで下さい。他人が聞いても仕方ないことです」

「本当に……。ご迷惑をかけて」

三十分ほどで、美沙という娘は大分顔色も戻っ

て、マンションに戻れることになった。

三枝は自分の小型車である。一日、休みをもらっていたのだ。

車を出すと、後ろの席で、

「もうやめておくれ。母さんは心臓が弱いんだからね」

「うん……。つい、考え出すと……」

と、美沙が言った。「お母さん」

「なあに？」

「黙っててね。蔵原さんには……」

三枝は唖然とした。――蔵原が訪ねていたのは、この娘の所だったのか！

17　長い空白

予想した通りだった。

朝、小学校へ竜一を送って行った紀久子は、少し離れた所で立っている大堀広の姿を目にとめた。

いずれ、話さなくてはならない。

いつもだと、子供を送って来た母親たちでお茶を飲んだりするのだが、紀久子は、

「今日は親戚の法事があって」

と、失礼することにした。

一人、他の母親たちと別れて違う方角へ歩いて行くと、広がついて来るのが分った。

もう大丈夫だろう。

紀久子はタクシーを停めておいて、広を手招きした。広が駆けて来る。


蔵原が仕事の打合せでよく使う、ホテルの中のバーに行った。

午後でなければ開かないのだが、テーブルを使わせてくれるくらいには「お得意さま」だった。

冷たい水をもらって一口飲むと、

「会えて良かったわ」

と、紀久子が言った。「連絡したくても、どうしたらいいのか……」

「あんたも、別人のようになったな」

と、広が言った。「あの子はあんたの生んだ子か」

「もちろんよ」

紀久子は肯いて、「待って。これには、色々こみ入ったわけがあるの」

と言った。

「そうだろう。もう……七年か？」

「ええ。でも――何年たったのか、気にもならない。栄治さんが死んだとき、私はもう生きていくのをやめたの」

広は目を伏せて、

「気の毒だった。――俺と一緒でなけりゃ……」

「ともかく、私から先に話すわね」

と、紀久子は座り直して言った。

グラスの中の氷はすっかり溶けていた。

「――そんなことがあったのか」

広は、紀久子の話を理解するのも難しいようだった。

「ともかく、お袋は生きてるってことだな」

と、広は言った。

「でも、あなたを見ても、分るかどうか」

と、紀久子は言って、「これが病院よ」

と、住所などを記したメモを広に渡した。

「ありがとう」

と、広は言ってから、少し黙っていたが、

「じゃ、あんたはお袋の命を助けるために、あの男と結婚したのか」

「そう言われるとそうだけど……」

「どうしてそんな……。赤の他人のお袋のために」

「お話しした通り、美也子さんこそ、私のために命を捨てようとしたのよ。私、何も後悔していないわ」

広は言葉もなく、肯いた。

「それで――あなたの方は……」

「うん。――この七年、ほとんど逃げ回ってばかりだったよ」

「あのときのこと――栄治さんが殺されたときの

事情を教えて」

「ああ……。本当にツイてなかったんだ。栄治はいわば身替りになって刺されたんだよ」

「身替り？　誰の？」

「刑事だ。富田建一っていって、かなりのベテラン刑事さ」

「その人が——」

「克二の兄貴を捕まえようとした。そこに栄治が居合せたんだ。だが、俺はその場にいなかった。栄治は止めようとして……」

「止めようとして代りに刺されたのね……。栄治さんらしいわ」

と、紀久子は言った。「栄治さんはそこで死んだの？　ホテルの人の話だと、救急車が来たってことだったけど」

「うん、病院へは運ばれたそうだ。でも、ナイフの巧い奴だったからな、克二の兄貴は」

「待って。じゃあ、栄治さんは病院で死んだってこと？　——確かに？」

「いや、それは……。俺は病院までは行かなかったし、栄治の死体も見ちゃいない」

「それじゃ、どうして死んだと分ったの？」

「だから、克二の兄貴の言葉だけさ。兄貴だって、栄治が死ぬところを見ちゃいない。ただ、致命傷だったたってことは断言してたけどな」

紀久子は少し考えて、

「刑事さんは栄治さんについて行ったのね」

と言った。「富田さんっていったかしら」

「うん。そのはずだ」

「訊いてみたいわ、富田さんに会って。栄治さんが、病院に着いたとき、もう死んでいたのか……」

死んだことに変りはないにしても、それでも……。

「はっきりしたことが言えなくて悪いな」

と、広は言った。

「いえ、そんな……。会えて良かった。後は私が自分で調べてみます」

と、紀久子は言った。「なかなか時間が作れないんですけどね」

「大変だな、子育ても。それに、旦那は――」

「ええ。主人も、もう七十二歳で、若くないので手がかかる。でも、子供は本当に大変！」

広は笑みを浮かべて首を振ると、

「しかし、あのときの家出娘が、今じゃ一人前の奥さんでお母さんか……。お袋に代って礼を言うよ」

「そんな必要ないわ。自分で納得してこうなったんですもの」

と、紀久子はきっぱりと言って、「ともかく、美也子さんの顔を見に行ってあげて下さい」

「そうするよ」

「ただ……さっき言った通りの状態なので。その点は――」

「承知してる。ともかく生きててくれただけでもありがたいぜ」

そのとき、紀久子のケータイにメールが着信した。

「――主人だわ。――まあ、何かしら。ごめんなさい。急いで行かないと」

「ああ、もちろんだ。お袋に会ったら、また連絡するよ」

と、立ち上りかけて、「いや、俺みたいなのが係り合ってちゃ、あんたには迷惑だろう。そっちから、何か必要なときは連絡をくれ」

広の気のつかい方に、紀久子はありがたいと思った。

「会って来て、お母さんに」

と、紀久子は言って、手を差しのべると、広と握手をした。


どこにでもいる男。——それが佐山の強みだった。

どこといって、特徴のある顔つきではない。手配写真は、今では全国にくまなく出ているが、佐山はどこへ行くのにも、変装などしたことはない。

あの山田英夫という刑事の家を捜して行ったときは、さすがにメガネだけかけて行ったが、それ以外は素のままだ。

そのオフィスビルに入って行ったときも、スーツにネクタイというだけの格好だった。そしてアタッシュケース。

七階へ上るので、エレベーターの上りのボタンを押した。——エレベーターは四つあるが、たまたま上に行っているのか、なかなか来ない。

やっと下りて来て扉が開くと、佐山は乗り込んで、〈7〉のボタンを押した。〈閉〉のボタンを押そうとすると、バタバタと足音がして、

「すみません！」

と、駆け込んで来たのは、事務服の女性だった。分厚い封筒を胸にしっかり抱えて、息を弾ませていた。

扉が閉り、エレベーターが上り始める。

「何階だね？」

と、佐山が訊くと、

「あ！　いけない！　八階です、すみません」

佐山が〈8〉を押してやると、まだ二十二、三かと思えるふっくらとした女性は、恥ずかしそうに赤くなって、

「すみません」

と、また謝った。「よくやるんです」

佐山はちょっと笑って、

「誰でもさ。別に珍しいことじゃない」

と言った。

「そうですよね」

と、その女性はニッコリ笑って、「まだ慣れてないんで」

七階でエレベーターが停る。佐山は降りたが、その女性も一緒に降りて来てしまった。

「君、八階じゃないのか?」

と言われて、一瞬ポカンとしたが、

「いけない! ついつられて――」

あわててエレベーターに戻ろうとしたら、扉が閉ってしまった。

「ええ? いやだ、もう!」

佐山はそのドジさ加減に笑ったものの、気分がほぐれるのを感じた。

「おい、君」

と、足を止めて、「急いで八階に行かなきゃいけないのか?」

「え?」

と、キョトンとして、「そんなに……急いでるわけでも……」

「そこでお茶でもどうだ。約束の時間にずいぶん早く着いちまったんだ」

オフィスフロアの一隅に、ティールームがある。佐山はそこで人と会うことになっていた。

「あ……。はい」

わけが分らない様子ではあったが、その女性は佐山について来た。

午後の仕事時間だ。ティールームは他に客はなかった。

佐山がコーヒーを頼むと、その女性も、

「私もコーヒー」

と言ってから、「あの――お昼、食べそこなったんで、サンドイッチ食べてもいいでしょうか」

「いいとも。俺ももらおう」

佐山は、その垢抜けしない女性を見ていて、何となく楽しくなった。

「君、何ていうんだ?」

「私ですか。鈴木幸子って……。たぶん、沢山いる名前だと思います」

「いいじゃないか。幸子って、〈幸せの子〉か? 君にぴったりだよ」

「そんなこと……言われたの、初めて」

「ここに勤めてるのか?」

「いいえ。こんな立派なビルじゃないです。三階建の、壊れそうな建物で、ここへはお使いで来たんです」

「なるほど。外出したときは、少し寄り道するのもいいものだよ」

と、佐山は言った。

「そうですね。でも、まだそんな余裕がなくて……」

コーヒーが来て、佐山はブラックで飲んだが、鈴木幸子はクリームを入れ、砂糖をスプーンに山盛り三杯も入れた。

「甘党だね」

「いえ……。こうしないと、コーヒーって苦くて飲めないんです」

と、少し照れたように、「東京に出て来て、半年で三キロ太りました。だって、お菓子がおいしいんですもの！」

感動しているらしい。

「すぐに慣れるさ」

と、佐山は言った。

サンドイッチが出て来ると、幸子はアッという間に、平らげてしまった。

「お腹空いてたのか。──俺のも食べていいよ。二切れあれば充分だ」

「え……。でも……」

と言いながら、もう手は佐山の方の皿へとのびていた。

──佐山は、ティールームの入口が見える席に座っていたが、ガラス扉に、人影が二つ映っているのが見えた。

男が二人だ。──約束の時間には、まだ三十分近くあった。

店へ入って来た二人の男は、佐山を見て、ギョッとしたように足を止めた。

「やめろ！」

佐山が素早く拳銃を抜いて、「まだ来てないと思ってたな。遅すぎる」

男たちは上着の下へ手を入れようとしていた。

突然のことで、冷静な判断ができていないのだ。今から銃を抜けば、佐山に撃たれるに決っているのに、手が無意識に銃を抜こうとしていたのだった。

「馬鹿はよせ！」

佐山が引金を引いた。一人が肩を撃たれて倒れ、もう一人は銃を抜いたものの、太腿を撃ち抜かれて膝をついた。その拍子に、銃が発射された。

どちらも、撃たれた苦痛で、もう佐山を狙う余裕はなかった。悲鳴を上げて転げ回っている。

「びっくりしたろう?　すまん」

佐山はそう言って、「――おい、どうした!」

鈴木幸子が、椅子ごと後ろへ倒れた。

佐山は息を呑んだ。相手の撃った一発が、たまたま幸子に当ったのだ。

「大丈夫か!」

幸子の脇腹に血がにじんでいた。

「すまない」

こんなことになるとは!

佐山は、呆然としている店のウェイトレスに、

「救急車を呼んでくれ」

と言っておいて、ティールームを出た。

「ここでいいのかしら……」

と、紀久子は呟いた。

奇妙な指示だった。夫、蔵原は電話で、

「いいか、これからすぐN町三丁目の交差点に行くんだ」

と言ったのである。

「どの辺かしら?　いいわ、分りました。調べて行きます」

「できるだけ早く行け。そして交差点で待ってるんだ」

「あなたも来られるんですか?」

「俺は行かん!　ともかくそこで人を待って、渡された物を受け取るんだ」

「何を受け取るんですか?」

「何かは知らんでいい。ともかく受け取ったらすぐそこを離れろ」

「はい。――それからは?」

「少し離れたら俺のケータイにかけろ」

「それで——」

「分ったな！」

と言って、蔵原は切ってしまった。

指示された〈N町三丁目〉の交差点までは、幸い紀久子が大堀広と会っていたホテルのバーを出て、徒歩で十五分ほどだった。

「できるだけ早く」と言われていたので、ちょっと息が切れるくらいに足早に歩いて行った。

交差点はずいぶん混み合っていた。JRの駅に近く、人も車も多い。スクランブル交差点になっていたのだ。

交差点で待っていると言われても、どの位置にいればいいのか。誰を待てばいいのか。

息を弾ませ、スクランブル交差点が青信号になるのを待っていた。

交差点を渡ってしまっていいのか？　しかし、信号が変ったら、歩かずに立っている方が大変だった。

青だ。——スクランブル交差点をワッと人の波が四方から埋める。

仕方ない。ともかく紀久子は交差点を斜めに渡ることにした。人の流れが最も多い。

渡り切って、何とか人の流れから抜け出ることができた。信号のそばに寄って、左右を見回した。

そして、初めて不安になった。

夫は何をしようとしているのだろう？　こんなわけの分らないことを言い出したのは初めてだ。

いつもの蔵原とは全く違う。普段なら、理屈の通ることかどうかはともかく、自信たっぷりに紀久子を従わせるのだが、さっきの電話の蔵原は、ひどく焦って、誰かにせかされてでもいるかのようだった。

反射的に考えたのは、あの国会議員の葉山のことだ。何か——葉山に言いつけられているのではないか。

蔵原の妻としての七年間は、紀久子を世間知らずの子供から、世慣れた大人の女へと変えていた。蔵原は紀久子を、結婚したばかりのころの、ただ言うことを聞く娘だと思っているだろうが、男の子を六歳まで育ててみれば、いやでも人付合いが必要だし、お互い、口先と腹の中とは違うものだということも分ってくる。

しばらく車が行き交い、またスクランブル交差点は青になった。たまっていた歩行者がドッと溢れ出る。

しかし——紀久子は信号に身を寄せて、動かなかった。あちこち動いていては、捜している方も大変だろう。

どんな人間がやって来るのかも分らないのでは……。

そのとき、誰かが肩に突き当った。

「あ——」

と、思わず声が出た。

「失礼しました!」

サラリーマン風の男が謝ると、身をかがめて、

「どうもすみません」

と、二人の間に落ちたハンドバッグを拾い上げた。

しかし、それは紀久子のバッグではなかったのだ。男は、

「失礼しました」

と、くり返すと、紀久子の手にバッグを押し付けた。

これが、「受け取るもの」なのか、と紀久子は察した。バッグを受け取って、

「どうも」

とだけ言った。

男は急ぎ足で交差点を渡って行き、たちまち人の間に紛れて見えなくなった。

交差点を離れろ。——蔵原はそう言っていた。

紀久子はそのまま歩道を行くことにした。目の前にタクシー乗場があった。

紀久子は考える間もなく、停っていた空車に乗ると、

「この道を真直ぐ行って下さい」

と指示した。

タクシーが走り出す。紀久子はちょっと息をついて、ケータイで蔵原にかけた。

「どうした」

「受け取りましたけど」

「今、どこだ?」

「タクシーに乗りました」

「よし。ご苦労だった」

「どうすれば?」

「レストランの〈R〉は分るな」

「この間三人で——」

「そこへ来い。まだ開いてないが、入れてくれる」

「分りました」

何の説明もない。——紀久子がレストランの名前をドライバーに告げると、場所は分っていると言った。

家族三人でときどき食事をする店だ。竜一はこの〈しょうが焼〉が大好きである。

でも——どういうことなのだろう。

紀久子は自分のハンドバッグと、渡されたバッグを隣の座席に置いた。そして、少しためらったが、渡されたバッグの口を、そっと開けてみた……。

18　闇の中

　マリが思い切り駆け回っている。

「大丈夫かしら」

　と、ゆかりはつい心配になって、「マリ！　転ばないでよ！」

　と大声を出していた。

　しかし、遊びに夢中のマリには全く聞こえていなかった。

「いいさ」

　と、山田英夫は言った。「子供は走りたいものだろ」

「そうだけど……」

　と苦笑して、ゆかりは夫の手を握った。「だめね。けがする心配ばっかりして」

「転んで、膝をすりむくぐらい、当り前のことだ」

　と、英夫は言ったが、「――いや、どっちかといえば、僕の方が心配ばかりしてたよ」

「あなた……」

「自分が大けがをしてしまうと、つい悪いことばっかり想像してしまうんだな」

　――英夫は今日非番だった。

　平日だったが、マリを連れて、家族でこのテーマパークへやって来ていた。

　今、マリが、キャッキャと声を上げて駆け回っているのは、園内にできている屋内のプレイランドで、外は風が冷たいが、中は日射しも入って、快適だ。

　こんな休日は久しぶりだった。

　英夫とゆかりは、ベンチに並んで腰をかけていた。

マリは、ゴムでできた家や庭を、飛びはねながら駆け回っている。平日なので、他には三、四人の子がいるだけで、好きなようにできたからだ。

「あの子があんなにはしゃいでるのなんて、久しぶりに見たわ」

と、ゆかりが言った。「家でも相手してるつもりだけど……」

「そうだな……」

と、英夫は言った。「僕がいつも黙りこくって、苛々してるのが、マリにも分るんだろ」

「あなた……」

「悪いと思ってるんだ。本当だよ」

「そんなこと――」

「でも、つい苛立っちまうんだ。思うように歩けないことに。――君のせいじゃないのにな」

「辛いのは分ってるわ。私にどうにかできるものなら、何でもしてあげるんだけど」

英夫は、ゆかりの肩に手を回して、軽く抱き寄せた。

「あなた……。焦らないで。少しずつでも良くなってるじゃないの」

「うん、そうだな」

と、英夫は肯いて、「きっとその内、マリと一緒に走り回れるようになる」

「そうよ」

ゆかりはごく自然に微笑んだ。

「――君のそういう笑顔を、久しぶりに見たな」

「私、いつもそんなにしかめっつらをしてる?」

「しかめっつらは僕の方だろう。一人になると、つい考えてしまうんだ」

「あなた……」

「死んでしまった富田さんのことを思い出すと、やり切れなくなる」

「分るわ」

ゆかりは、英夫の手を固く握って、「でも、あなたのせいじゃないわ。自分を責めないで」

「うん。しかし……」

と言いかけて、「またしかめっつらになっちまったな」

と笑った。

「パパ！　この上で寝てるとフワフワするの！」

と、マリが手を振って言った。

「気持良さそうだな」

「パパもおいで！」

「よし、行こう」

英夫はベンチから立ち上ると、マリの方へと、転びそうになりながら近付いて行った。

「おっと！」

バランスを失って尻もちをつく。しかし、下はゴムをふくらませてあるので、痛くはない。

「パパ、おかしい！」

マリが笑い転げている。英夫も一緒になって笑った。

その様子を見ている内、いつしかゆかりは涙を浮かべていた。熱いものが体の内にこみ上げてくる。

それはずいぶん長い間、忘れていた「熱い想い」だった。

帰り道、ゆかりの運転する小型車の中で、マリはぐっすり眠ってしまった。

「遊び疲れたのね」

と、ゆかりが言った。「あなたも疲れた?」

「僕か？　いや……」

英夫の膝に頭をのせて、マリは眠り込んでいる。

ゆかりは赤信号で車を停めると、

「ねえ」

と言った。「真直ぐ行く？　それとも左折する？」

車で入れるホテルがあった。――英夫はバックミラーのゆかりと目が合って、

「左折して行こう」

と言った……。


ソファでぐっすり眠っているマリは、大きな寝息をたてていた。

ゆかりは、英夫の足を気づかいながら、声を上げて喘いだ。英夫が負傷してから、初めてのことだった。


英夫も、忘れていた快感を取り戻して、ゆかりを抱きしめた。

烈《はげ》しく、汗にまみれながら、二人は久々の夫婦の営みに時を忘れた。

「――あなた」

ゆかりは息を弾ませながら、英夫の胸に身を預けた。

「ゆかり……。ありがとう」

英夫はゆかりにキスすると、「――もうこんなことはないかと思ってた」

「ひどいわ。私、まだ若いのよ。あなただって」

「そうだな」

と、英夫は笑って、「だけど――」

「何？」

「少しお尻が大きくなったんじゃないか？」

「測ってみる？」

と、ゆかりは笑って言った。「あ、マリが……」

マリがソファで伸びをしている。

「出る仕度をするか」

「先にシャワー、浴びて来て。私は後でいいわ」

「うん……」

ベッドから出ると、英夫はバスルームに入って、熱いシャワーを浴びた。

夫婦の絆という古くさい、しかし貴重な宝を取り戻した気がした。

「そうだ。――この足が治らなくても、ゆかりは僕の妻なんだ」

当り前のことが、今さらのように確かめられて、感動しているのだった……。

バスタオルで体を拭きながらバスルームを出ると、マリは目を覚ましていて、それでもまだ半分は眠っている様子だった。


ゆかりの表情が変っていた。

「どうかしたのか?」

ゆかりが、英夫のケータイを手にしていた。

「牧田さんから」

「何かあったのか?」

「非番だから、無理しないように、って」

「それでも知らせて来たんだな」

「もし、あなたが――」

「何の用だった?」

ゆかりはちょっと息をついて、

「佐山が、二人の男を撃って逃げたって」

と言った。

「撃たれた二人は、佐山に金を渡すことになってたそうだ」

と、牧田刑事が言った。「しかし、その後で……」

「佐山を消すことになってたんですね」

と、山田英夫は言った。「そして金を取り戻す」

「佐山の方が一枚上手だったたってことだ」

と、牧田は肯いて、「誰が依頼主か知らないが、馬鹿なことをしたもんだ」

「撃たれた二人は？」

「肩と脚を撃たれてる」

「狙ったんですね。殺す気はなかった」

「そういう奴だ」

「佐山がどこへ逃げたかは……」

「分らない。落ちつき払って、エレベーターで一階へ下りて出て行ったのは監視カメラに映ってる」

「その二人を雇ったのは――」

「訊いてるが、人伝ての依頼だったらしい。傷の手当が済めば、詳しいことを訊き出すよ」

佐山のことだ。もう姿を隠しているだろう。

「悪かったな、休みなのに」

と、牧田が言った。「家にいたのか」

「いいえ、久しぶりに三人で遊園地へ」

英夫は署内の椅子にかけると、「楽しかったです。マリも大喜びで」

「そいつは良かった」

と、牧田は微笑んだ。「俺が邪魔したんじゃないか？」

「いいえ。もう帰る途中でした」

「それならいいが……。佐山のことだから、一応お前に言っとかないと、と思ってな」

「ありがとうございます。今度出会ったら……」

英夫は、何かが変ったと感じていた。

ホテルでゆかりと久々に体を交えた。お互いに、充分に満たされたのだ。

そのことが、英夫に戦う気力を取り戻させた。もう佐山のことを考え、話していても、恐怖にすくんでしまうことはない。

もちろん、足はまだ不自由だが、佐山へ立ち向って行ける、と感じていたのだ。

「そうそう。巻き添えになった女の子がいたんだ。可哀そうに」

と、牧田が言った。

「どうしたんです？」

たまたま佐山とティールームでお茶をしていて、相手の発射した弾丸が、彼女のお腹に当ってしまったのだ。

「脇腹の方だったんで、命に別状はなかったけど、会社のお使いの途中だったそうなんだ。会社は彼女をクビにすると言ってる」

「ひどい話ですね」

と、英夫は顔をしかめて、「入院の費用だってかかるでしょう」

「全くな。ツイてない子だ」

英夫はちょっと考えて、

「――その子の名前は？」

と訊いた。

三枝は仮眠していた。

蔵原のドライバーとしては、いつどんなときでも、すぐに対応しなければならない。

しかし、東京の入り組んだ道を走らせるのは、それなりに面白く、必ずしも蔵原の用のないときでも、いつも通う行先までの裏道を走ってみたりするのが楽しかったのである。

その代り、「眠れるときに眠っておく」という習慣が身についていた。

　蔵原たちは、今や珍しくない「億ション」と呼ばれるマンションに住んでいる。三枝とさきは、同じフロアのワンルームを一部屋ずつ借りてもらっている。

　用があるときは、蔵原の部屋と直《じか》につながったインタホンで呼ばれるのだ。

　だが――。

　三枝は、肩を軽く揺さぶられて、びっくりして起きた。紀久子だった。

「奥様、何か――」

　と、起き上る。

「ごめんなさい、寝てたのに」

「いえ、そんなことは……」

　と、三枝はあわててワイシャツのボタンをとめた。

「ちょっとあなたに相談したいことが。――そこで待ってるわ。急がないで」

「はあ、それでは……」

　紀久子が台所のテーブルについて座っていると、三枝は急いでバスルームで顔を洗った。

「――寝ぼけ顔ですみません」

　と、三枝は椅子にかけると、「何かありましたか」

「主人のことなの。――三枝さん、言ってくれたでしょ。あの葉山って議員さん、何となく信用できないって」

「はあ。私の勝手な……」

「もちろん、今竜ちゃんが学校へ通っているのも、葉山さんのお世話があってのことで、それは感謝してるの。でも、このところの主人の行動を見てると、以前にはなかった、隠しごとをしている気配があってね」

「奥様のご心配はごもっともです。ただ――女性絡みのことだけなら私もあまり心配しないのですが。いえ、どうでもいいというわけではありません」

「私も同感よ。他に女を作っていたとしても、それは夫婦の間のこと。でもね、どうもそんな分りやすい話ではすまないような気がするのよ」

「何か変ったことが――」

「とても妙なことがあったの」

紀久子は、夫に言われて、交差点で男からバッグを渡されたことを説明した。

「――謎めいた話ですね」

と、三枝が言った。

「ねえ、そうでしょ？　あの議員さんが係ってるかどうかはともかく、あんな秘密めいたやり方って、普通じゃないわ。もし――何か違法なことに係ってるんだったら、このままにしておけないと思うの」

「旦那様に限って、そんなことは、とは思いますが……。でも、今のお話を伺ってると……」

「万一、警察沙汰にでもなったら。――私はともかく、竜ちゃんが可哀そうでしょ？　せっかく楽しく学校に通ってるのに。私、主人に怒鳴られても殴られてもいい。竜ちゃんを守らなきゃ」

三枝はしばらく紀久子を見つめていた。そして、フッと微笑んだ。

紀久子が気付いて、

「何？」

「いえ……。結婚されたころとは、もう別人のようだな、と思って。立派な奥様になられましたね」

「何、急にそんなこと……」

と、紀久子はちょっと頰を染めた。「三枝さんやさきさんのおかげよ」

「そんなことはありませんよ。感心してるんです」

「もうやめて。——ともかく、どうしたらいいか、三枝さんはどう思う?」

それでも、紀久子は嬉しそうだった。

「そうですね。その男は何を渡したんでしょう?」

紀久子は、ちょっとためらったが、「実はね、気になってバッグの中を覗いてみたの」

「それじゃ——」

「分厚いノートだったわ。革表紙の。でも、しっかり紐がかかってて、中は見られなかった」

「そうですか。——もし、あの葉山さんという人からの預かり物なら、用心しないと」

「ええ。それにしても、あんな風に、人目につかないように渡すなんて、おかしいでしょ? スパイ映画じゃあるまいし」

「全くですね。——私が当ってみましょう。北山が何か知っているかもしれません」

「ごめんなさいね。でも、無理をしないでね」

「無理をしますよ。奥様のためなら」

と言って、三枝はちょっと笑った。

19　感傷

「しばらくは動けないでしょうね」

太った中年の医師はほとんど無関心な様子で言った。

「治療は――」

と、英夫は言いかけたが、

「弾丸は貫通してますからね。まあ、自然に傷がふさがるのを待つしかありませんよ」

と、医師は言って、「じゃ、忙しいんで、これで」

と、行ってしまった。

英夫は腹が立った。負傷した者の痛みなど、何も考えていない。

救急車がここへ運んだのだろうか……。

どことなく薄暗くて、気の滅入る雰囲気の病院だった。

病室は四人部屋で、一杯だった。

奥のベッドに、鈴木幸子は寝ていた。

呼吸が、少し荒かった。辛そうだ。

「――鈴木幸子君だね」

と、穏やかに話しかけると、目を開けたが、関心はあっても、それ以上のやり取りはできない。

「僕は山田英夫。刑事だよ」

と、そっと声をかけると、幸子は目を開いた。

「――痛むかい？」

「少し……」

と、かすれた声。

英夫は、幸子の腕に入っている点滴を見て、

「痛み止めかな？　でも……」

点滴の袋がもう空になっていて、滴が落ちてい

ない。

「これじゃだめだな」

自分も痛みに苦しんだ英夫は幸子のナースコールのボタンを押したが、応答がない。

「――忙しくて」

と、幸子が言った。「なかなか来てくれないんです」

「そんな……」

英夫は病室を出ると、廊下を通りかかった看護師を呼び止めて、点滴が切れていると注意したが、

「係が違うんです」

と、にべもない。

「警察の者です。彼女は大切な証人ですから」

警察と聞くと、看護師もさすがにすぐに対処してくれた。

「――ありがとう」

と、幸子は英夫に言った。

「話は聞いたよ。災難だったね」

「私、サボってたんです。そんなことしなきゃ良かった……」

「一息入れるぐらいのことは悪くないよ」

「誘われて……。とても良さそうな人だったんです。やさしくて、気をつかってくれて……」

「佐山という男だ」

「聞きました。とても凶悪な犯人ですってね？」

「まあ、そうだね」

「でも……」

「でも？」

「そんな風に見えなかったけど……」

と、幸子は言った。

「あれはふしぎな男でね」

と、英夫は肯いて言った。「僕は佐山に脚を撃

たれたんだ。おかげで、こうして杖なしじゃ、ちゃんと歩けない」

「そうなんですか？　とても——辛そう」

と、幸子は眉を寄せて言った。

「ああ、もちろん辛いよ。今でも痛む。でも——佐山は僕を殺そうと思えば簡単に殺せたんだ。そそれが、僕に妻と娘がいると知ったら、『追って来られないようにする』と言って、脚を撃った」

「そんなことが……」

「もちろん、苦しかったよ。いっそ殺してくれてたら、と思ったこともある。しかし、今はそう思わない」

「佐山っていうんですね、あの人……」

幸子はひとり言のように呟いた。

「佐山が君を撃ったわけじゃない。佐山はあそこで殺されることになってたんだ」

「聞いてます。——でも、今は自分のことで手一杯」

「勤め先は？」

「解雇するって知らせて来ました」

幸子は目を伏せて、「どうしよう、って……。入院の費用だってかかるのに」

「ご両親は？」

「けがして入院した、とだけ言ってあります。でも、私がお給料の半分を家へ送ってるんです。会いに来る交通費だって出せないでしょう」

「それは大変だね。——何か手がないか、調べてみてあげるよ」

「ありがとうございます。でも、そんなことまでしてもらっちゃ……」

「いいさ」

と、英夫は微笑んで、「といって、どのくらい力になれるか分らないがね」

——また、様子を見に来るよ、と言って、英夫は病室を出た。

早く退院して、仕事を見付けないと、とくり返し幸子は言っていた。

「可哀そうに」

と、病院を出て、英夫は呟いた。

スマホが鳴った。——公衆電話からだ。

「誰だろう……。もしもし」

少し間があった。そして、

「どうだ、脚の具合は」

その声に、英夫は愕然とした。

「佐山……。どこにいるんだ」

「お前のことは、今さら仕方ない。話を聞いたか。鈴木幸子って娘のこと」

「彼女がどうしたんだ？　お前のおかげで巻き添えを食ったんじゃないか」

「申し訳ないと思ってるよ」

と、佐山は言った。「せめて、もう少しましな病院へ移してやってくれないか」

「——病院へ行ったのか？」

「ああ。お前に頼みたい。もっといい病院で、治療を受けられるようにしてやってくれ」

「それは分るが、お金がかかる。彼女もそのことを——」

「心配いらない」

「何だって？」

「鈴木幸子の銀行口座には五百万以上の残高がある」

と、佐山は言った。「俺の気持だ」

英夫はあまりに意外な話に、言葉を失っていた。

佐山は、

「よろしく頼むよ」

と言うと切ってしまった。

「佐山……」

もうつながっていないと分っていながら、英夫はつい名を呼んでいた。


「どういうことだ」

と、牧田刑事は言った。

「分りません」

と、英夫は首を振った。「佐山って、ふしぎな男ですよね」

「それで、実際に銀行口座には――」

「ええ。ちゃんと五百万が振り込まれていました」

巻き添えを食った鈴木幸子の口座に、責任を感じた佐山が大金を振り込んだのである。


「銀行の窓口を調べてみましたが、直接窓口には現われていません」

「佐山は馬鹿じゃない」

と、牧田は言った。「今ごろはどこか遠くの町さ」

そうだろうか？

英夫は、なぜか佐山がまだこの近くにいるように思えてならなかった。

デスクの電話が鳴った。

「出ますよ」

と、英夫は受話器を上げた。「捜査一課です」

「恐れ入ります」

と、若い女性の声がした。「ちょっとお伺いしたいことが……」

「何でしょう？」

「そちらに富田さんとおっしゃる方がおいでです

か」

「富田ですか」

英夫はちょっと間を置いて、「残念ながら、先日亡くなりました」

「——そうですか」

「もう定年を迎えていましたけど」

と、英夫は言った。「あなたは……」

「いえ、ちょっと……」

「富田さんのお知り合いですか?」

「そうじゃないんですけど。——そうですか、亡くなったんですか」

「捜査中に負傷しましてね。そのせいもあって、辛かったんでしょう。ご自分で……」

「まあ、そうでしたか。何も存じませんで」

「あなたはどういう……」

「いえ、それでしたら結構なんです」

「はあ、しかし——」

「失礼しました」

「あの、ちょっと——」

と言いかけたときには、もう切れていた。

牧田が、

「おい、どうかしたのか」

と言った。

「いえ、別に……」

説明するほどのこともない。

英夫は自分のデスクに戻って、佐山についての資料をめくっていたが……。

ふと、手が止った。

今の電話の声に、聞き覚えがあるような気がしたのだ。しかし——どこで聞いたのだろう?

漠然とした印象でしかなかったが、はっきりしないだけ、気にかかるのだった。

誰の声だったろう？　確か、どこかで……。

考えてもむだだ。――その内思い出すさ。

英夫は気を取り直して、佐山の資料へ目を落とした。


自殺……。

「気の毒に」

と、公衆電話のボックスを出て、紀久子は呟いた。

栄治の最期について、詳しい話を聞けたら、と思ったのだが、仕方ない。

今は公衆電話も少ないので、大きな駅の中ぐらいにしか……。

駅の外では、三枝が車で待っていてくれる。

車に乗った。

「自宅へやってちょうだい」

と、三枝へ言った。

車が走り出すと――自然、今、電話で交わした話が思い出される。

そして……。ふと、あの電話の声を思い出した。声だけでなく、話し方や、ちょっとしたアクセント……。

どこかで聞いたことがあるようで、しかし思い出せない。

「――仕方ないわ」

先のことを考えなくては。

夫、蔵原のことだ。

あの包みに入っていた紐をかけた、ノート。あれについて、訊かなくては。

しかし、紀久子がまともに訊いても、答えてくれまい。

「そうだわ」

女がらみにする。女に嫉妬するのだ。

そうすれば、蔵原から何か訊き出せるかもしれない。

でも――どうすれば？

紀久子は、これまで夫に対して、やきもちをやくような喧嘩などしたことがない。

ちょっとため息をついて、

「もっと、ＴＶのメロドラマでも見ておくんだったわ」

と呟いた。

運転席の三枝から、

「え？　何かおっしゃいましたか？」

と言われて、紀久子は、

「いいえ。何でもないの」

と、あわてて答えたのだった。


「先生。三十分だけですから」

と、秘書が心配そうにくり返した。

「分っとる！」

と、「先生」は言い返した。「表で待っていろ！」

「分りました」

ガチガチに固めたヘアスタイルの背広姿の秘書は、それでも不安そうに、映画館へ入って行く「先生」を見送っていた。

「好きなんだからな、全く」

と呟く。「もう今日で六日間だ」

誰に言っているのでもない。現役の「大臣」の秘書ともなると、そう簡単にグチをこぼす相手も見付からないのである。

「大臣」は今、七十歳。坂口法之といった。

何といっても現役の大臣で、しかも二期目だ。

TVのニュースなどにもしばしば登場する。

誰でも、顔を見れば、名前までは知らなくても、

「あれ？　どこかで見たことあるな」

ぐらいには知られている。

もっとも、「政治家」だと分ってくれるか、それとも、「どこかの手配中の犯人か」と思うかは分らない。

といって、今、坂口が入って行ったのが、何か怪しげなポルノ映画館だというわけではない。

ごく普通の映画館で、今上映されているのはアイドルグループのコンサートのドキュメンタリー映画だった。

下は十三歳から、十九歳までの女の子たち二十人ほどのグループが、ステージで飛んだりはねたりする、一時間半ほどの映画である。

生のコンサートなら、スタジアムを一杯にするほどの人気だが、スクリーンで見るとなると、やはり雰囲気に欠けるためか、満員というわけにはいかない。

その映画を見るために、坂口がもう六日間も通っているのは、グループのメンバーの一人、十六歳の女の子の熱烈なファンだからである。

別に、七十歳の男が十六歳のアイドルのファンになっていけないわけでは、むろんない。

ただ、誰かが坂口に気付いて、スマホで撮られ、SNSに投稿されたりすると……。やはり大臣としては少々みっともない。

表で待っている秘書は、

「まあ、本物の女の子に手を出されるよりはいいか」

と、自分を慰めていた……。

一方、映画館の中に入った坂口は、すぐ出られ

るように、一番後ろの列に座った。三分の二くらいの入りで、ほとんどの客は前の方へ詰めている。

もう何度も見ているから、今、映画のどの辺かは分るし、自分のひいきの子がどこでアップになるかも知っている。

国会に行くので、三十分しか見ていられない。しかし、少なくともその間に、肝心の女の子は十二回、アップになる。

「いいな……。うん」

笑顔のアップを見て、坂口はひとり言を言った。

大臣として、今は心配事があった。それもかなり深刻な。

こうして罪のない女の子の笑顔や、飛びはねたときにチラッと覗く白い脚を見ていると、心配事を忘れられる……。

そうだ。——今日中には何とか連絡を取らなくては。しかし、今はあ、の、子、をうっとりと眺めよう……。

十五分ほどが過ぎたとき、不意に耳もとで、

「俺に用か」

と、声がして、坂口はびっくりした。

「誰だ？」

「振り向くなよ」

その男は、坂口の座席の真後ろに立っていた。

「俺を捜してると聞いた」

「お前は——」

「佐山だ」

坂口は息を吐き出した。

「——どうしてここに？」

と、坂口は言った。

「そんなことはどうでもいい」

と、佐山は言った。「仕事の話だ」

「ああ、しかし……」

二人の話を聞いている者はなかった。

「手短かに言え。ためらってるなら、やめとけ」

と、佐山は言った。「料金は三千万だ。それで良ければ、話せ」

坂口は、もちろん佐山を知っているわけではない。しかし、今話している相手には、本物の持つ凄みがあった。

「頼みたい」

と、坂口は言った。「その料金で承知した」

「前金で半分だ」

「分った。――私はケチったりしない」

坂口は、佐山が支払いたくない依頼主に狙われかけたことを知っていた。

「そう願うよ」

と、佐山は言った。「相手は？」

坂口はちょっと声をひそめて、

「国会議員の葉山哲也だ。今、七十五歳」

「知ってる。葉山一人をやるだけでいいんだな」

「できれば十日以内だ」

「分った。場所や手段はこっちが決める」

「それでいい。よろしく頼む」

「前金は明日。現金だぞ、もちろん」

「分った」

「連絡する。あのロボットみたいな秘書の方にな」

と、佐山は言って、「邪魔したな」

と、少し離れると、

「俺の好みはこの子だな」

坂口は少しして、振り返った。

そこには、もう誰もいなかった。誰かいたという気配さえなかった。

「本物だな」

と、坂口は呟くと、座席に座り直して、もう一度スクリーンに見入った。

躍動する「若い生命力」は、坂口に遠い昔の日々を思い出させた……。

20 約束

「大臣」

と、秘書が耳もとで囁いた。「葉山さんが」

坂口はちょっと眉をひそめた。

「委員会の途中だ。後にしろと言え」

と、秘書に答えた。

ところが、ちょうどそのとき、議長が、

「少し疲れたな。休憩にしよう」

と言い出したのだ。

何しろ、もう八十五歳の議長は、委員会の最中でもウトウトしたりしている。

「分った」

と、坂口は言った。「どこにいる」

「玄関脇のソファです」

「分った」

坂口は会議室を出ると、廊下を歩いて行った。

いささか気が重いのは、坂口がまだ良心という厄介なものを抱えているからだろう。

何しろ、坂口は「上の方」からの指示で、

「葉山を消せ」

と言われているのだ。

あの佐山という男に、明日前金の千五百万を払う。——腕の立つ男だと聞いている。

しかし、坂口はなぜ葉山を消さねばならないのか、知らされていないのだ。

玄関脇に、小さなスペースがある。そこのソファに葉山が待っていた。

「坂口大臣、お忙しいところ、恐れ入ります」

と、葉山が立ち上った。

「まあかけろ」

と、坂口は言った。「何かあったのか」

「事情は存じませんが、先生から『現金で千五百、用意しろ』と言われました」

「千五百万？　お前が用意するのか」

「立て替えだから、後で払うとおっしゃって」

「それで――用意できるのか」

「何とかします。それを明日届けろと言われていますが、どちらへお持ちすれば。――大臣がご存じだと」

坂口はさすがにすぐには答えられなかった。

その金は他ならぬ葉山自身を殺すための費用なのだ。

それを当人に用意させ、しかも殺人者に届けさせる？　ひどい話だ。

「うん、まあ知っている。――明日には用意できるのか？」

「明朝には必ず」

「分った。こちらもまだ連絡を待っている」

と、坂口は言った。「いずれにしろ、持って行くのは怪しまれない人間にしてくれ」

「承知しました」

と、葉山は言った。「ですが、何の金なのか……」

「理由を訊くな」

お前を殺すためだよ。――つい、そう言ってしまいたくなる。

〈赤ずきんちゃん〉のように「お前を食べるため」なんだよ、と。

「分っています」

と、葉山は言った。「ただ、どの程度の先生がご承知なのか」

葉山の方が、坂口より五歳年上だが、「大臣」

の肩書は重い。

「ともかく、トップシークレットだ」

「よく分っています。では連絡をお待ちしています」

「ああ、ご苦労だな」

坂口が立とうとすると、

「これは蔵原からで……」

と、葉山は封筒を取り出した。

「蔵原？」

坂口はちょっと考えてから、「ああ、いつかパーティで会った。えらく若いかみさんをもらった男だな」

坂口の記憶には、パーティに来ていた蔵原の妻しか残っていない。

「さようです。昼間、たまたまあの夫婦と会いまして。これから大臣にお会いすると言いましたら、妻君が、これを先生に、と」

「そうか。分った」

「では、これで失礼いたします」

葉山は足早に立ち去って行く。坂口はその後ろ姿を何となく見送っていた。

会議室へ戻ったが、秘書から、

「議長がご体調を崩されて」

と言われた。「委員会はまた日を改めてということになりました」

「何だ、そうか」

珍しくポカッと時間が空いた。

「事務所に戻られますか」

「そうだな……。車を表に回せ」

「分りました」

「お前は来なくていい」

「はい」

坂口は正面玄関の方へと歩きながら、

「何だ、一体?」

と、葉山に渡された封筒を開けてみた。

走り書きのメモが入っていた。

〈坂口先生。

以前、パーティでお目にかかりました蔵原の家内でございます。そのおり、先生が〈アイリス〉ちゃんのファンだとおっしゃっていたのを思い出しまして、子供の学校関係で知っている筋から、〈アイリス〉ちゃんの会のチケットをもらっておりましたので、お忙しいのに失礼かと存じましたが、同封させていただきます。　蔵原内〉

細長いチケットが一枚出て来た。

あのグループとは別に、あの子が一人で活動している、小さなライブらしい。

日時を見ると、今日の夜になっている。

とっさに思い付いて、持っていたチケットを、葉山に託したのだろう。

「まさか……」

大臣の身で、そんな小さなライブに行くわけにはいかない。――しかし、坂口はそのチケットをポケットに入れた。

車が来て、坂口は乗り込むと、ドライバーに、

「向うのマンションに」

とだけ言った。

坂口は、チケットを取り出して眺めた。

そうだった。パーティで、蔵原とは何を話したか忘れたが、女房の方とは、あのアイドルグループの〈アイリス〉の話をした。

「まあ、お若くてすてきですね」

と、あの若い女房は微笑んだ。

可愛い笑顔だった。その記憶はある。

「そうか……」

あの蔵原は葉山の用をこなしているらしい。

どこかの田舎から出て来た男だと聞いた。

確か、子供の入学する小学校に口をきいてもらったとかで、葉山に恩義を感じているらしい。

もし葉山が消されたら――蔵原も、何か被害を受けることになるかもしれない。

あの可愛い女房を泣かせることになるとしたら、可哀そうだが……。


「何かありましたの？」

と、紀久子は訊いた。

夫の様子が普通でなかったからだ。

「お前の知ったことじゃない」

と、蔵原は苛立ちを見せて言った。

「あなた――」


紀久子は、帰宅するなり、風呂敷包みを抱えて、奥へ入って行く夫を追って行った。

蔵原は寝室に入ると、やっと足を止めた。

「あなた」

紀久子は、怒鳴られるのを覚悟して、口を開いた。「説明して下さい」

蔵原は、怖い顔でパッと振り向いたが、怒鳴るではなく、ベッドの端に腰をおろした。

「紀久子……」

「あなたらしくないことが多過ぎます」

と、紀久子は言った。「私が知ってはいけないことですか？　夫婦なのに、あなたが一人で苛立ったり、秘密を抱えているのを見るのが辛いんです」

蔵原は、じっと妻を見つめていた。――今まで見たことのない、「主張する妻」が、そこにいた。

「あの包みの中に入っていたノートのような物は何ですの？　葉山先生の頼みごとかもしれませんが、何か違法なことでは？　いくら竜一の学校の件でお世話になっても、道に外れたことを求められたら断るべきではありませんか？」

「紀久子――」

「女が口を出すことではないかもしれません。でも、あなたの身に何かあったら、私や竜ちゃんだって、無事ではすみません」

と、紀久子は続けた。「私を口実にしていただいて構いません。『生意気な女房がうるさくて』とでもおっしゃって下さい。私はいくらでも悪者になります。竜ちゃんを守らなくてはなりませんから」

蔵原は怒って紀久子を殴りつけるかと思われたが、そうはしなかった。

紀久子も驚いたことに、蔵原は、

「お前の言うことは分る」

と言ったのである。

「あなた……」

「俺も、不安だった」

と、蔵原はため息をついた。

紀久子はベッドに並んで腰をおろすと、

「話して下さい」

と言った。

「夕方、葉山先生から急に連絡があった。金を作ってほしいということだった」

「お金？　何のお金ですか？」

「分らない。今夜中に千五百万、用意してくれということだった」

「千五百万？　理由も言わずに？　――あなた、女のことですか」

——」

「俺もそう思う。葉山先生は、すぐに金は返すと言っていた。嘘じゃないと思う。急に必要だったんだ」

「あなたが、何か葉山先生の代りに罪をかぶるようなことでなければいいんです」

と、紀久子は言った。「竜ちゃんに、父親が逮捕されるところを見せたくありません」

蔵原は目を見開いて、

「お前がそんなことを……」

と、本当にびっくりしている様子だ。

「すみません」

と、紀久子が言うと、蔵原は思いがけず、笑った。

「いや――お前が、ちっとも『すまない』と思っていないようだからな」

「女だと？」

「マンションに置いている女。私、知っています。もしかすると、あの女の人は、葉山先生の？」

「待ってくれ。――どうして女のことを知ってるのか分らんが、確かに女の面倒をみている」

と、蔵原は言った。「しかし、そういうことじゃないんだ。葉山先生に頼まれているのは事実だが、先生の女でもない」

「それじゃ――」

「はっきりは聞いてないが、先生が直接親しくしている――たぶん坂口大臣のためだと思う。坂口さんの所は、奥さんがうるさいそうだからな」

「お金はその人の手切れ金か何かですか？」

「そうじゃない。いや、はっきり分らんが、違うだろう」

「それにしても、そんなお金を理由も分らずに

「私は女ですから。あなたの妻で、母親です。この立場は譲りません」

蔵原は紀久子の肩を抱いて、

「心配するな。お前はかけがえのない女だ。裏切りはしない」

蔵原はそう言って、紀久子にキスした。

「あなた……」

そのとき、蔵原のケータイが鳴った。

「葉山先生だ。——先生、金は用意しました。——は？」

蔵原は絶句した。通話が切れると、紀久子は、

「何かあったんですか？」

と訊いた。

「先生が、お前に金を届けてほしいと……」

「私がそんな大金を？」

と、紀久子は啞然として言った。

「理由は知らないが、目立たない人間がいいということだ」

と、蔵原は言った。

紀久子は迷った。——しかし、今の電話で、もう話は決っているのだろう。

夫が承知した以上、仕方がない。

「分りました」

大金を運ぶのは怖かったが、金を誰かに渡すだけなら、危険はなさそうだ。

「どこへ届ければいいんですか？」

と、紀久子は訊いた。

蔵原はメモに走り書きすると、紀久子に渡した。

紀久子はそれを読んで、

「私にスパイの真似を？」

と言った。「〈明日午前10時発の新幹線のぞみに

乗れ〉とだけ？」

「当然グリーン車だろう。たぶんその場で取れる。——すまんが行ってくれるか」

と、蔵原は言った。「いやなら俺が行ってもいいが」

「でも、私をご指名なんでしょう。——大丈夫。乗ります」

「そうか」

蔵原は妻の手をちょっと強く握った。

「すまないな。もうお前を心配させることはしない」

「本当ね？」

「ああ。約束だ」

「分りました。じゃ、朝早目に出ます。お金は？」

「バッグに詰めて用意する」


「私の小旅行用の鞄の方が。持って乗っても目立ちません」

「なるほどな」

「ブランド物のバッグは目立つでしょう。ずっと前から使っている布製のバッグにした方がいいでしょう。——でも誰に渡せばいいのか分からないのでは、不安です」

「当然だな。葉山先生にもう一度確認しておく。それともかく、お前は金の入ったバッグを渡す。それだけでいい」

「承知しました。——相手の名前まで分らなくても、何か合図になるような目印を。何かの雑誌を手に持っておくとか……」

「TVでよくあるやつだな」

と、蔵原は肯いて、「その点も念を押しておこう」

蔵原は微笑んで、

「俺より、お前の方がよほど落ちついているな。お前もいい女になった」

「そんな……。突然、そんなことを言わないで」

と、紀久子は我にもなく、ポッと頬を染めた。

「本当さ。俺は事情がよく分らないと苛々するだけだが、お前は冷めた目で広く眺めている」

「どうとでもおっしゃって下さい。私は女ですから、あなたにおぶさって周りを見られるというだけです」

「それが役に立つんだ」

と、蔵原は言って、表情を曇らせると、「どうも……葉山先生がおかしい」

「どういう風に?」

「どこか、こう……追い詰められて焦っていると感じるんだ。どうも、党の中で争いが起きているようで、その責任を葉山先生が取らされそうだと……。いや、噂だがな」

そう言ってから、「そうだ。お前が坂口大臣にと言って預けた、何とかいうアイドルのチケットは、ちゃんと葉山先生が渡して下さったそうだ」

「そうですか。もちろん、大臣がアイドルのライブなんかには行かれないでしょうけど」

そう言いながらも、紀久子は嬉しそうに微笑んだ。

21 輝き

これは……。

坂口は啞然としていた。

目立たないようにマスクをしていたが、それは却って目立っていた。

ともかく――小さなライブハウスは人で一杯になっていた。そして、坂口は当然のことながら、客のほとんどは若者たちで、自分のような「老人」は浮いてしまうだろうと思っていたのだが。

ところが、驚いたことに、中年や、そこを明らかに過ぎた、坂口とも変らないと見える男が、客の半分とまでは行かないが、少なくとも三分の一以上を占めていたのだった。

「――こんなことなのか」

と、つい呟いていた。

もちろん、何か口に出しても、周囲に聞こえる心配はなかった。

ライブハウスは、ステージで歌い踊っているアイドル、〈アイリス〉の音楽で溢れんばかりだったからだ。

歌のリズムに合わせて、誰もが飛びはねているので、床が震動していた。床が抜けるんじゃないかと心配になるほどだった。

もっとも、七十歳の坂口は、さすがに飛びはねるのは遠慮したが……。

数人のバンドをバックに、〈アイリス〉は続けて三曲歌うと、息を弾ませて深々とおじぎをした。

顔は汗で光っていた。――グループの一人としてTVで歌っている姿とはずいぶん違っている。

「どうもありがとう！」

と、〈アイリス〉は叫んだ。

拍手と歓声。――坂口も拍手ぐらいはできた。

「いつも、いつも来ていただいて、ありがとう」

と、〈アイリス〉は普通の口調に戻って、

「初めはグループを離れて、ソロでライブをやって大丈夫かな、って不安でした。でも、二回目、三回目とお客さんが増えて行き、このライブハウスも、予約が簡単になりました。そして今夜は――記念すべき、十回目のライブです!」

再び拍手が盛り上る。

坂口は、左右へ目をやって、〈アイリス〉の、どう見ても父親という年齢の男たちを見た。――誰もが目を輝かせて、ステージを見つめている。

それは少しも滑稽ではなく、爽やかで、美しくさえあった。

〈アイリス〉は、また二曲続けて歌った後、ペットボトルの水を飲んで一息ついた。

「私が、いつも嬉しいのは……」

と、口を開いて、「私のお父さんぐらいのお客さんが、大勢みえていることです」

若者たちが拍手する。

「グループにも、芸能活動をするのをお父さんに猛反対された子が何人もいます。今でも許してもらえてないっていう子もいます。大変ですよね。お父さんとケンカするって、どんな感じなのかな。私には分りません」

と、〈アイリス〉は言った。「私のこと、色々ご存知の方も多いと思います。私にはお父さんがいません。お母さんは一人で私を育ててくれました」

そうなのか。坂口はむろん、そんなことは全く知らなかった。

「私、小さいころは、どうして自分にはお父さんがいないんだろうと思ってました。そして怒ってました。でも、お父さんはいないので、お母さんに怒ってたんです。どうしてお父さんと別れたのよ、って。お母さんはそういうとき、言い返しも、叱ったりもせず、ちょっと悲しそうな顔をするだけでした」

〈アイリス〉は息をつくと、「中学一年生になったとき、お母さんが倒れました。病院に駆けつけたとき、もう意識がありませんでした。そのときお医者さんがひと言、『過労がたたったんだな』と言ったんです。お母さんは昼間だけでなく、夜も仕事をして、私は知らなかったんですけど、土日も仕事に出ていたんです。――私は、お母さんに文句を言ったことを、悔みました。お母さんに謝りたかった。でも、お母さんはそのまま、意識が戻らずに亡くなってしまいました」

声が震えた。

「私はその後、施設で生活し、このお仕事を始めて一人で暮すようになりました。お母さんに、ごめんなさいと言うことはもうできないけど、力一杯歌っていれば、その歌声が、いつか天国のお母さんに届くんじゃないかと思ってます……」

話が途切れると、自然に拍手が起った。

坂口も、拍手していた。

「こんな話、するつもりじゃなかったのに……。聞いてくれてありがとう」

会場から、

「頑張れ！」

という声が飛んだ。

明らかに、中年男性の声だった。

「ありがとう！　じゃ、次の歌――」

と言いかけて、〈アイリス〉は涙がこみ上げたのか、言葉に詰った。

一段と拍手は大きくなった。それはただの拍手ではなく、暖かい拍手だった。

涙を拭って、歌い出した〈アイリス〉、十六歳の少女を見ていて、いつか坂口も涙が瞼に熱くたまるのを覚えた。

そんな自分に驚いた。——俺に、そんなことに感動する心があったのか?

なぜかも分らないまま、人一人、殺させようとしている俺に。

坂口は〈アイリス〉の歌を聞いていられず、会場を出た。

その少女の歌が、自分を責めているように聞こえて、耐えられなかったのだ……。


「間もなく、15番ホームから列車が出ます」

——紀久子はホームの左右を見渡した。

ホームで渡してしまえれば、と思ったのだが、そうはいかないようだ。

お金を入れたバッグを腕にかけ、もう一つ小ぶりのバッグを抱えて、新幹線に乗り込んだ。

グリーン車は半分ほど埋っていた。その場でチケットを買い、一人で窓際の席に座った。

周囲の席は空いている。途中で乗って来るのかもしれない。

しかし、お金を渡す相手については、詳しいことがついに分らなかった。

ただ、先方に紀久子のことが伝えてある、ということだった。

落ちつかない気分のまま、紀久子は座っていた。

列車はいつの間にか動き出していた。

通路を行き来する男をチラチラ見ていたが、それらしい男はいなかった。

――しばらく走って、じき新横浜駅に着く所まで来たときだった。

不意に、後ろの座席から、

「振り向くな」

と、男の声がして、びっくりする。

「あなたは――」

「黙っていろ」

と、その声は言った。「バッグだけ座席に残して、次の駅で降りろ……」

「でも――」

「それで終りだ。心配するな」

列車がホームに入って行く。紀久子は立ち上った。

「行け」

と、男の声が言った。

「あの――これはどういうお金なのですか」

と、紀久子は訊いた。

「聞いてどうする」

「いえ、ただ心配が……」

「仕事の経費だ。気にするな」

列車が停る。

紀久子は足早に乗降口からホームに降りた。

ホームを歩きながら、紀久子は自分の座っていた座席へ目をやった。

もうあのバッグは消えていた……。


「殺しがある、って噂です」

その情報屋は、ひと言だけ言った。

山田英夫はケータイでの話を、他の人間に聞かれないように、昼食のソバ屋から外へ出た。

「それはどこからのネタだ？」

と、英夫は訊いた。

「言えません」

「言えないって……。それじゃ、こっちも動けないじゃないか」

「信じて下さい。かなり確かな話です」

「つまり、出所が――」

「かなり上の方なんです」

声をひそめて言う。

英夫が、かなり信頼している情報屋だった。ともかく対策を立てるにしても――。

「もう少し何か分らないのか」

「狙われてるのは、政界の大物らしいです」

「政治絡みか」

やりにくい話だ。犯人を捕まえるな、と言われることさえある。

「分った。――ありがとう」

と、英夫は言った。

「また何か分ったら知らせます」

「よろしく頼む」

英夫は通話を切って店に戻ったが――。

「あれ？」

食べかけだったソバは、もう片付けられていた。そして並んでいた客が、さっさと座っている。

仕方ない。

英夫はともかく伝票を手にして、レジへと向った。

支払いをしながら、英夫はつい仏頂面になっていたのだろう。レジの女の子が、

「何かまずいことでも？」

と訊いて来た。

言っても仕方ないと思いつつ、

「食べかけだったんだ」

と言うと、レジの女の子は、

「あら」

すみませんとも言うではなく、笑い出してしまった。

ムッとして、よっぽど払わないでいようかと思ったが、刑事が「無銭飲食」ではみっともない。

支払って、

「ありがとうございました！」

と、明らかに面白がっている言葉を背に店を出る。

「畜生……」

少しばかり食べたので、却って空腹感がつのって来た。——といって、またどこかへ入るのも面倒だ。

仕方なく、コンビニに入って、おにぎりを買う。

席に戻って食べよう。

支払いをしていると、ケータイの鳴るのが分った。しかし、すぐには出られない。レジに並んでいるのだ。

前の客が、ポイントを使うというので手間取っていた。——英夫はケータイを取り出して見た。

さっきの「情報屋」からだ。

仕方ない。——英夫は列から抜けて、おにぎりを棚へ戻すと、やっとケータイに出た。

「どうかしたのか?」

と訊くより早く、

「助けて下さい！」

と、震えた声が飛び出して来た。

「何だって?　どうした?」

「殺される——」

と言ったきり、途切れた。

「おい！　聞こえるか？」

と、大声を出すと、一瞬の間の後、銃声らしい音が聞こえた。

押し殺した音だが、銃声に違いなかった。

やられたのか。――英夫は何とも言いようがなかった。

だが、まだケータイはつながっていた。何か物音がする。英夫は、

「おい。――生きてるのか？　どこにいるんだ？」

と言ってみた。

もうやられているのなら空しいが、万が一……。

すると、意外な声が聞こえて来たのだ。

「――お前か」

英夫は息を呑んだ。誰の声か、すぐに分った。

「佐山。――佐山なんだな」

向うは否定もせずに、

「縁があるな」

とだけ言った。

「お前のことなのか。政治家の暗殺計画というのは」

「それは、いずれ分る」

と、佐山は言って、ケータイを壊した。

情報屋が殺された。――「上の方」の絡んだスキャンダル。

あれは事実なのだ、と英夫は思った。

しかし、ただ「政治家」と言っても、見当がつかない。

裏の事情に詳しい人間に当ってみるしかない。

佐山が雇われているとなれば、殺しの実行は近いだろう。

英夫は急いで署へと戻って行った。

「結局、何のお金か分らなかったんですか?」

と、紀久子は夫に訊いた。

「うむ……。しかし、金はちゃんと返してくれたしな」

と、蔵原は言った。

急いで都合しろと言われた千五百万円。

紀久子が、誰とも知れない相手に渡して、三日後には、葉山から振り込まれて来た。

「久しぶりだな」

と、蔵原は言った。

我が家でとる夕食。——紀久子だけでなく、竜一も一緒だ。

「学校はどうだ」

と、蔵原も、世間の父親のようなことを口にした。

「今日、かけっこしたよ」

竜一は子供らしい食欲を見せて言った。

「そうか! どうだった?」

「うん、二番だった」

「そいつは凄い。大したもんだな」

と、蔵原は笑顔になった。

「竜ちゃん、お野菜もちゃんと食べるのよ」

と、紀久子は言った。「あなた、ご飯は?」

「ああ、もう一杯もらおうか」

紀久子がご飯をよそう。

いつもなら、これはさきの仕事だが、三人揃っての夕食は珍しいので、今夜は紀久子がさきの代りだった。

「ごちそうさま!」

と、大きな声で言って、竜一が駆け出して行く。

「——よく食べてるな」

「ええ。じき大きくなって、私より背が高くなるんだわ」

と、紀久子は言って笑った。

「それでいい」

「え?」

「お前の、そういう笑顔を久しぶりに見たような気がする」

「そうですか?」

「気苦労ばかりかけてるからな」

「そんなこと……」

と言いかけると、紀久子は真顔になって、

「でも——あなた」

「うん、どうした?」

「あのお金を渡したとき……。相手の人は顔も見せなかったけど、私、ゾッとしたの」

「どうしてだ」

「理由は分らないけど、何だか……怖かったわ」

と、紀久子は言って、「あれは何のお金だったんでしょう? その人は『経費』だって言ってたわ。でも、千五百万円もの経費って何でしょう?」

「さあな。——政治の世界は、わけの分らん金が動くもんだ。気にしなくていい」

「ええ。私がとやかく言う立場じゃないのは分ってるんですけど、あの言い方が……。とても危険な人って気がしたんです」

「もうすんだことだ。忘れろ」

「その後、葉山先生からは?」

「何も言って来ていない。——ああ、そうだ。今日、坂口大臣から礼を言われたよ。チケットのことで」

「でも——」

「本当に見に行かれたそうだ」

「まぁ」

と、紀久子は目を見開いた。

蔵原のケータイが鳴った。

「――葉山先生だ。――もしもし」

と、蔵原は出ると、「はぁ。――そうですか。分りました。何とか……」

通話を切ると、

「今度の日曜日は空いてるか」

と紀久子に訊いた。

「たぶん……。何ですか?」

「ゴルフだ」

「ゴルフ? あなたがやるというだけでしょう?」

「お前にも来てくれと」

「でも……。もちろん、ついて歩くぐらいのことはしますけど」

「ともかく、予定しといてくれ」

と言って、蔵原は食卓に戻った。

22　グリーン

風は冷たいが、爽やかだった。

よく晴れて、芝の緑は輝くようだ。

「似合うじゃないか」

と、蔵原に言われて、

「恥ずかしいわ。こんな派手な格好で……」

と、紀久子は赤くなった。

「ママ、きれいだよ」

と言ったのは竜一である。

「ありがとう。偉い方が大勢みえてるから、おとなしくしてるのよ」

と、紀久子は竜一の手を取って言った。

「ちっちゃいボールを打つんだよね」

「そうよ。広い所でね」

「野球みたいに投げないの、どうして？」

「どうして、って……。そういうゲームなのよ」

——名門カントリークラブだった。

蔵原たちは、早朝に出て、大分早く着いた。

運転して来た三枝は、

「坊っちゃんが困るようなら、いつでも連絡して下さい」

と、紀久子に言っていた。

「ありがとう。この子は大丈夫だと思うわ」

と、紀久子は答えた。「何かあればケータイにかけるわ」

——紀久子には、どうして自分までゴルフ場に呼ばれたのか分らなかった。

葉山に言われてのことで、断るわけにもいかなかった。

あわてててデパートに行って、〈ゴルフウェア〉

の売場で、あれこれ買って来た。

「地味なのにしたいんです」

と、くり返したものの、そんなに地味なウェアというのはなくて、それでもおとなしめの色のウェアにした。

紀久子にとっては、充分に派手だったが……。

竜一にも子供用のウェアがあって、こちらはかなり目立つ可愛いものだった。

「――葉山先生」

と、蔵原が、サロンへ入って来る葉山を見て、

「おはようございます」

「早かったな。まだ時間はある」

と、葉山は言った。「やぁ、奥さん、どうも」

「いつも主人がお世話に――」

と言いかけるのを、葉山は遮って、

「いや、ご主人には無理を言った。奥さんもお手数だったね」

現金千五百万を届けたことを言っているのだろう。

「いえ、お役に立てましたら……」

「今日は一段とすてきじゃないか」

と、ゴルフウェアの紀久子をジロジロ見て、

「蔵原さん、奥さんにはもっと派手な格好をさせた方がいいよ」

「恐れ入ります。当人が地味好みでして」

「いや、よく似合う。――それに、チビっ子ゴルファーか」

「竜一までついて来てしまいました」

と、紀久子は言った。「当人はとても楽しみにしていますが、お邪魔になるようなら、いつでも連れて戻ります」

「いやいや、それは心配いらん。坂口大臣がぜひ

にとおっしゃったんだからね」

紀久子は驚いて、

「坂口先生が……」

「うん。奥さんに会って、礼を言いたいということだった」

「まあ……」

「この間、奥さんに頼まれて渡したのが、何かのチケットだったのだろう？　えらくお気に召したようだ」

大臣が、アイドルのライブに出かけて行ったというだけでも驚きだが……。

少しして、当の坂口が二人の連れと一緒にやって来た。

一人は紀久子も名前をよく知っている大企業の社長。もう一人は坂口のかかりつけの医師ということだった。


坂口は蔵原に話しかけながら、紀久子の方へ、ちょっと肯いて見せた。

あえて何も言わなかったことで、紀久子は坂口が心から嬉しかったのだと察した。——アイドルのライブに感激する。

紀久子は、政治家らしからぬ人間くささのようなものを見た気がした。

「——今日はゴルフ日和だ」

と、坂口が言った。

竜一が、

「野球のボールは投げて来るのを打つでしょ？　ゴルフは止ってる球を打つのに、どうしてちゃんと飛ばないの？」

と、素直に感想を口にすると、紀久子はちょっとあわてて、

「大きな声で言わないのよ」

と、小声で注意した。

もっとも、紀久子にしても、ゴルフというのは、クラブがシュッと空を切ると、バシッと音がして、白いゴルフボールが高く弧を描いて、青空へ吸い込まれるように飛んで行くのだと……。

しかし、それはたまにTVで見るプロのプレーで、やはり「プロはプロ」なのだろう。

「やっ！」

「どうだ！」

「行け！」

人それぞれ、かけ声は違うが、ボールを飛ばす気はあっても現実は……。

力任せにボールを叩いても、飛ぶのはせいぜい十五、六メートルくらいで、その先は転って行くばかり。

なかなか大変なのね、と紀久子は思った。

それでも、みんなが同じようなものなので、誰も困らない。おしゃべりしながら、のんびりとボールについて歩くのである。

「——大臣、どうぞ」

と、葉山が言って、坂口がボールに向う。

こんな所でも「大臣」なのか、と紀久子は感心した。

いや——もしかしたら、誰もが「大臣」より遠くへ飛ばしてはいけない、ということになっているのかもしれない。

まさか、とは思ったが、日本ならそんなこともあり得る気がする。

わざと下手に打つって、簡単なのかしら？

「さて、林の中へ入れてしまうと厄介だな」

と、坂口は言った。

今、紀久子たちが歩いているコースは、両側が木立ちで、それもかなり木が多い。

というより、この辺の森を切り拓いて作られたゴルフコースなので、所々、元の木々を残してあるのだろう。

坂口は少し両足を開くと、ゴルフクラブを手にして……。

ふと、坂口は、少し離れて見物している紀久子の方を向くと、

「奥さん、一つ打ってみませんか」

と言った。

紀久子は目を丸くした。

「私がですか?」

「そうです。意外と素人が上手だったりする」

と、坂口は言って、「ではみんなにも納得してもらって……」

拍手が起きる。

「困ったわ、私……」

と、紀久子が首を振る。「あなた——」

「いいから打て。大臣のご希望だ」

「でも……」

ためらってはいられなかった。

「両足を少し広げて……。そうそう、後は易しい。ただボールを打つ、それだけです」

「はあ……」

見よう見まねで、クラブを両手で持つと、

「ヤッ!」

勢いよく振れば——みごと空振り。

「さあ、もう一度」

促されて仕方なく、紀久子は、再度挑戦した。

「ヤッ!」

パシッと手応え。

ボールは、なんと真直に飛んだのだ！

しかし――その瞬間銃声が、グリーンに響いたのである。

一瞬、紀久子は、自分がゴルフボールを打った音なのか、などと考えてしまった。

しかし、そんなわけはなかった。

銃声が、さらに一度、二度、グリーンに響いた。

そして、葉山が、ガックリと芝生に膝をついた。

「先生！」

蔵原が駆け寄る。だが、片膝をついたままの葉山は、

「来るな！」

と、片手を伸して、蔵原を制すると、「ご家族を――」

紀久子はクラブを取り出すと、ぼんやりと突っ立っている竜一へと駆け寄った。

「どうしたの？」

と、竜一が目を丸くしている。

「見ないで。竜ちゃんは何も知らないことよ」

紀久子は、木立ちの間を素早く動く影を見た。

しかし、もちろんそれがどんな男だったか、見分けることはできなかった。

葉山がグリーンの上に倒れ伏す。

紀久子は、色鮮やかなゴルフウェアが血に染っていくのを見て、息を呑んだ。

「カートは？」

と、紀久子は大声で言った。「先生を運ばないと」

「うん、そうだ」

蔵原が、隣のコースでカートを使っているグループの方に駆けて行った。

「先生！」

紀久子は葉山のそばに膝をついて、「出血を止めないと」

と、自分のゴルフウェアを脱いで言った。

「待って」

と言って来たのは、坂口と同行している医師だった。

「出血は――」

「うん。こっちの傷を押えてくれるか」

「はい！」

紀久子は、脱いだウェアを丸めて、銃弾の穴の上に押し付けた。

葉山は、苦痛も感じていないようだった。

――この人は死ぬ。紀久子は直感的に思った。

そして、当人もそう知っていると……。

23　病棟

「──とんでもないことになった」

蔵原は、もう何度も同じことを口にしていた。

「あなた……」

紀久子は、夫の手に自分の手を重ねた。

「葉山先生が……。どういうことなんだ……」

蔵原は、事情が分らないのは当然だが、今の現実を受け容れることができない様子だった。

「まさか……。こんなことが……」

「仕方ないわ、あなた。起ってしまったことですもの」

と、紀久子は言った。

「分ってる。分ってるが……」

今のところ、まだ葉山は生きているようだった。

しかし、医師からは、

「ご家族を呼んで下さい」

と言われていた。

坂口大臣は、銃撃のすぐ後に、ＳＰがやって来て、ゴルフ場から離れていた。

結局、病院まで葉山について来たのは、知人の医師と蔵原たちだけだったのだ。

竜一は、三枝に託して帰宅させた。

もう夜になっていた。九時半を回っている。

「あなた」

と、紀久子は言った。「竜ちゃんのことが心配だわ。目の前で、あんなことがあったんですもの。──私、先に帰っていいかしら。明日は学校があるし」

蔵原も、やっと少し自分を取り戻したようで、

「ああ、そうしてくれ」

と肯いた。「あの子と一緒に寝てやるといい」

「ええ、そうするわ」

紀久子は夫の肩を抱いて、軽く力をこめてつかむと、立ち上った。

エレベーターで一階へ下りて行く。

紀久子には、蔵原の受けたショックが理解できた。蔵原にとって、葉山は「誰よりも頼りになる、一番偉い人」だったのだ。

その「偉い人」が狙撃された。蔵原の内で、偶像が崩れてしまったのである……。

病院の一階はもう明りが一部だけしか灯っていなかった。

通りかかった看護師に、

「あの——出口はどこへ行けば……」

「ここを奥の方へ。途中から〈出口〉という赤い矢印があります」

「どうも」

竜一が不安がっているだろうと思うと、足取りが速くなる。

表に出ると、目の前に黒塗りの車が停るところだった。

車から降りて来たのは坂口だった。

「奥さん」

と、紀久子に気付いて、「今まで葉山君のそばに?」

「はぁ……。色々お世話になりましたから」

坂口はちょっと間を置いて、

「とんでもない場面に立ち合いましたね」

と言った。「息子さんも……」

「先に帰したので、気になって」

「当然です。いや、流れ弾丸《だま》などに当らなくて良かった」

そう言われて、紀久子は改めてゾッとした。

「ご主人は大丈夫ですか?」

と、坂口が訊いた。

「はぁ……。大分……ショックを受けているようです」

「そうでしょうな。ご主人は政治家ではない。こういう世界の闇の部分をご存じありませんからね」

「葉山先生はどうしてあんなことに……」

「分りません」

と、坂口は首を振った。「我々はマフィアではない。あんなことを誰かが指示したとしたら、もちろん罰されなければなりません」

「そうですね」

「葉山君の具合は……」

「もういけないようです。今、ご家族がこちらへ」

「そうですか」

坂口はため息をついて、「世間を騒がせることになる。あなた方は、できるだけ口をつぐんでいることとです。ゴルフ場で、たまたま一緒だっただけだということにして」

「分りました」

そのとき、車から、

「先生!」

と呼ぶ声がした。

「どうした」

「今、警察の車がこちらへ」

「そうか。当然だな」

坂口は紀久子の腕を取ると、「ご主人を連れてお帰りなさい。刑事に色々訊かれると、ご主人は難しいことになるだろう」

「はい、それでは――」

「ともかく一緒に入ろう」

紀久子は坂口に促されるままに、病院の中へ戻った。

そして、エレベーターで上ると、夫のいる所へと急いだ。

「あなた、一緒に帰りましょう」

蔵原は当惑していたが、坂口を見てびっくりしたように、

「坂口先生！　ここへどうして――」

「事情を説明しなくてはならん。あなたたちはいない方がいい」

と、坂口は言った。「後で、いずれ事情聴取はされるだろうが、今は私に任せて。いいね？」

「はぁ……」

そのとき医師がやって来ると、

「ご家族が下に着かれたようです。そして警察の人たちも」

「大臣の坂口です。現場に居合せたので」

「分りました。もう意識はほとんどありませんが。――こちらへ」

坂口は、紀久子の方へ、

「後は任せなさい。私の車でお宅まで送らせよう」

「すみません」

紀久子は、夫の腕を取って、エレベーターへと急いだ。下りボタンを押すと、少しして扉が開いた。

ほとんど同時に、隣のエレベーターの扉が開いた。

紀久子は、夫と二人で、エレベーターに乗った。扉が閉る前に、隣のエレベーターから降りた人た

ちの後ろ姿が見えた。

葉山の家族と、他に背広姿の男が二人。刑事だろう。

エレベーターが一階まで降りて、

「帰りましょう、あなた」

と、紀久子は夜間出口へと歩いて行った……。

病室の中から、ワッと泣く声が聞こえて来た。

病室の外に立っていた牧田と山田英夫は顔を見合せた。

看護師が出て来ると、

「今、息を引き取られました」

と言った。

「何か言い遺しませんでしたか」

と、牧田が訊いた。

「ここへ運び込まれたときから、もう意識はほとんどありませんでした。最後までひと言も」

「そうですか」

「今、担当の先生が——」

医師が疲れた様子で出て来ると、

「警察の方？」

「そうです」

「よく今までもちましたよ。出血も多かったし……」

「ご家族はどなたが？」

「奥さんと息子さんです。ああ、それと坂口さんという方が」

「坂口？　大臣ですか」

「そうです。撃たれたとき、居合せたそうです」

牧田と英夫はちょっと肯き合った。

ゴルフ場での銃撃。——あの知らせで駆けつけたときは、もう誰もクラブハウスに残っていなかったのだ。

葉山がなぜ撃たれたのか、どんな状況で撃たれたのか。――さっぱり分らなかったのである。

坂口大臣が一緒だったことは分っていた。しかし、話を聞こうにも、相手は大臣だ。

「国務がある」

と言われたら、待つしかない。

TVで見た顔の坂口が出て来た。

「大臣でいらっしゃいますね」

と、牧田が言った。

「そうだ。刑事さんだね。向うで話そう」

廊下の奥の休憩所で、坂口は事件について説明した。

「現場検証が必要です」

と、牧田が言った。「そのとき一緒だった方々のお話も伺いたいのですが」

「全員は必要あるまい。多忙な人ばかりだ。集めるといっても……」

「しかし、やはり全員の話を聞かないと」

と、英夫は言った。「誰か、犯人を見た人がいるかもしれません」

「それはないと思うよ。我々は固まって立っていた。銃声を聞いても、何が起ったのか、しばらく分らなかった。葉山君が倒れて驚いたんだ」

「そこでご一緒だったと分ると都合の悪い人でもいるんですか」

英夫が訊くと、坂口は眉をひそめて、

「どういう意味かね、それは」

と言った。

牧田が、

「いえ、それは――」

と言いかけるのを遮って、英夫は、

い。たとえば、愛人同伴の人がいたとか」

と言ってのけた。

「おい」

牧田がチラッと英夫を見る。

「たとえばの話です」

と、英夫は気にするでもなく言った。

「遠慮のない人だね」

と、坂口は苦笑した。

「人が殺されたんです。遠慮なんかしていられません。犯人がどこへ逃亡しているかも分らないんです」

「もちろん、捜査に協力はするよ」

「のんびりしてはいられないんです。犯人は知能犯ですから」

「犯人が分っているのかね？」

「佐山満という男です。まず間違いありません」


「分っているのなら、逮捕するのは君らの仕事だろう」

英夫が言い返す前に、牧田が、

「大臣。お忙しいのは承知していますが、ぜひ現場にご足労を」

と言った。

「分った。秘書に連絡してくれ。予定を見なくては分らん」

「承知しました」

坂口はポケットから名刺を出して、牧田へ渡した。

「坂口さん」

と、英夫が言った。「葉山さんが殺された理由に心当りはありませんか」

坂口は答えなかった。そして、

「党として、今後のことも検討しなくてはならないので、これで失礼するよ」

と言うと、エレベーターの方へと歩み去った。

「――おい、英夫」

と、牧田が渋い表情で、「佐山の名前を出したのはまずいぞ。まだ奴の犯行だという証拠が出たわけじゃない」

「すみません。でも、腹が立って……」

と、英夫は言って、「――自分に、です。分ってて止められなかった」

「政治家は大勢いるんだ。特定できるもんじゃない」

「それはそうですが……」

「政界を探るときは、よほど用心してかかれよ。下手に情報をリークしたりしたら、訴えられるぞ」

「それは……」

「お前の気持は分る。だけどな、初めから見込みで捜査するのは危い。まず白紙の状態で始めるんだ」

「――分ってます」

英夫は、やっと少し険しい表情を緩めて、

「ただ、これが佐山を逮捕する最後の機会のような気がするんです」

「どうしてだ?」

「国会議員を殺すなんて、佐山にとっても大仕事でしょう。これで当分東京を離れるんじゃないかと思って」

「その可能性はあるな。ともかく現場検証だ。その前に検死が必要だしな」

「見逃しませんよ。現場では、どんな細かなことでも」

英夫は力をこめて言った……。

「どうすりゃいいんだ……」

と、蔵原が唸るようにくり返した。「先生に、あんなに世話になったのに……」

「あなた……。今は何も言わないで」

紀久子はじっと夫の腕をつかんでいた。

坂口大臣の車で、自宅へ送ってもらっているところである。

夫が何か妙なことを口走ったりしたら、運転手の耳に入る。紀久子は気が気でなかった。

「葉山先生は、何かまずいことを、一身に引き受けられたんだ。きっとそうだ」

と、蔵原が言った。

「警察が、ちゃんと調べてくれるわ」

と、紀久子は言って、夫に向って、小さく首を振って見せた。

蔵原は、やっと少し冷静に立ち戻って、妻の不安を理解した。

「――すまん」

と、紀久子の方へ、「もう……。何ともない。大丈夫だ」

「ええ、私たちは、何も関係がないことだわ」

「うん。そうだな……」

蔵原も、坂口の車だということを思い出したようで、「どうも申し訳ありません」

と、運転手に声をかける。

「いや、構いません」

と、運転手は答えて、「もう間もなくですね」

ちゃんと蔵原たちのマンションの場所を知っているのだ。

実際、そこから数分でマンションに着くと、

「ありがとうございました」

と、紀久子は車を降りて言った。

「いえ、とんでもない」

親切な運転手で、紀久子たちに気をつかって、

「どうぞお気を付けて」

と、二人がエレベーターに乗るまで見ていてくれた。

車はそのまま病院へ戻って行ったのだろう。坂口はまだ病院にいるのだろうから。

「――ただいま」

玄関を入ると、さきと三枝が飛んで来た。

「旦那様！　大丈夫ですか？」

「ああ、心配いらない」

と、蔵原は手を振って、「坂口大臣の車で送っていただいた」

紀久子にとっては何よりも竜一のことが大切だ。

「あの子は？」

「寝てらっしゃいます」

と、さきが言った。

「大丈夫だった？　あんなことが……」

「坊っちゃんは、何があったのか、よく分っておられませんよ」

と、三枝が言った。「どうしてママが一緒に帰らないんだろうって、ふしぎそうでした」

「それならいいけど……」

紀久子は、それでも心配で竜一の部屋を覗いた。

少し明りは点けてあるが、竜一はいつもの通り、かけ布団をけとばして、パジャマがまくり上り、お腹を出して眠っていた。

紀久子はホッとして、パジャマを直し、布団をかけてやった。――たぶん、この状態は三十分ももたないだろう。

「――さきさん」

と、紀久子は普段着に替えると、「旦那様は？」

「風呂に入りたいとおっしゃって。もう今、お湯を入れがてら、入っておられます」

「そう。――ね、お風呂から出たら、きっとお腹が空いたと言い出すわ。今は忘れてるけど」

「そう思いましたので、いつでも温めるだけにしてあります」

「ありがとう！　私も食べてないの。簡単でいいけど」

「奥様もお風呂の後で？」

「そうね。そうしましょう」

ふと思い付いて、紀久子はバスルームへ行くと、

「あなた」

と、ガラス戸越しに声をかけた。「大丈夫ですか？」

「ああ……。やっと体が軽くなったよ」

「私――ご一緒しても？」

「もちろんだ」

紀久子は裸になって、お風呂場へ入って行った。

洗い場も湯舟も大きく作られている。

「入って来いよ」

蔵原が嬉しそうに言った。

紀久子はお湯をザッとかぶってから、湯舟に身を沈めた。溢れたお湯がザーッと音をたてて流れて行く。

「二人で入るのは久しぶりだな」

蔵原は紀久子の体を抱え込んだ。

紀久子はいつも竜一と入浴するので、帰宅の遅い蔵原と入ることはほとんどない。

「――とんでもない一日だったな」

蔵原は後ろから紀久子の体を抱いて、言った。

「忘れましょう」

と、紀久子は言った。「済んだことですもの」

「そうだ……。俺たちには関係ない」

「ええ、そうです」

紀久子はそう言って、夫の手を乳房へ導いた。

だが――。

「あなた、お腹が鳴ってません？」

「そうか。腹が減ってたんだな」

と、蔵原は笑って言った。

紀久子も一緒に笑った。やっと緊張がほぐれて行くのが分った……。


また、救急車がやって来るのが分った。

「――ずいぶん急患ってあるものなんですね」

と、山田英夫は言った。

休憩所のソファでウトウトしていた牧田は、

「うん？　何だ？」

と、目を開けて、「ああ。――また救急車か。この辺じゃ、一番大きな救急病院だからな」

「もう夜中なのに……。昼間だと、世の中、こんなに病人がいるのか、って驚きますけど、夜は夜で……」

と、英夫は言って、自分の膝を軽く叩くと、

「救急車にはもう乗りたくないですね」

「そうだろうな」

牧田は伸びをして、「まだ痛むのか？」

「ええ、ときどき。でも、大分慣れましたよ」

牧田は少し間を置いて、

「佐山のことが憎いだろう」

と言った。「しかし、焦るなよ。お前一人が佐山を逮捕しようとしてるわけじゃない」

「承知してます。もちろん――この手で手錠をかけたいですけど」

二人は、夜間の入口近くのソファに座っていた。

今は、黒塗りの車が停って、その都度、黒いスーツ、ネクタイの男性がやって来る。

現役の国会議員、葉山哲也が死んだのだ。衝撃は小さくないのは当然だった。

その間にも救急車が急病人、けが人を運んで来る。次々にやって来る患者をこなしていく看護師たちの忙しさに、英夫は改めて感心した。

「大変な仕事だな……」

と、英夫が呟くと、また一台、救急車が着いた。

ガラガラとストレッチャーの音がする。

「――様子は？」

「急な出血で。流産のおそれがあります」

「分りました」

運び込まれて来たのは、おそらく二十代後半ぐらいの女性で、ショックのせいか真青な顔をしている。

「名前は？　名前、言える？」

と、看護師が大きな声で言った。

「良子……」

「姓は？　〈なに良子〉なの？」

「安原です。安原良子……」

「安原さんね。痛みは？　妊娠何週め？」

「もう……だめなんでしょうか、赤ちゃん？」

と、心細げな声を出す。

「診てみないとね。今、当直の先生がとても忙しいの。少しここで待っててね。何かあれば、そこの窓口の人に言って。いいわね？」

「はい……」

「ご主人は？　一緒じゃないの？」

「あの……結婚してないので……。昨日からどこかへ行って、連絡できなくて……」

「分ったわ。ともかく、すぐまた来るから。いいわね」

「すみません……」

その女性の口調には、諦めの思いがにじんでいた。

同棲していて妊娠。しかし男の方は遊び歩いている。――英夫は勝手にそう想像したが、おそらくあまり外れていないだろうと思えた。

すると、弱々しい声が、

「すみません……」

と、聞こえて来た。

あの運ばれて来た女性だ。もう一度、

「あの……すみません……」

と言ったが、窓口の看護師は電話に出て話しているので気付かれない。

英夫は立ち上って、その女性の方へ歩み寄ると、

「どうかしたの？」

と、声をかけた。

女性は、びっくりしたように英夫を見た。

「どうしたんだい？」

と、もう一度訊くと、

「あの……お水を一口……」

「水か。うん、分った」

窓口の看護師は、まだ電話しながら、ファイルをめくっている。英夫は、

「ちょっと待って。確かすぐそこに……」

廊下を曲るとすぐに自販機があり、その傍に給水機があった。英夫は紙コップに水を半分くらい入れて、持って行った。

「――さあ、これくらいでいいかな？」

「すみません……」

横になったままではこぼれてしまいそうだ。

英夫は彼女の頭の下に手を入れて、少し起してやった。

「——飲める？　——ああ、少しずつ飲んだ方がいいよ」

女性はすするようにして水を飲んだ。紙コップを空にすると、息を吐き出して、

「ありがとう……」

と言った。

「もういい？　もっと飲むかい？」

「いえ、もう……」

頭を戻してやると、女性は、「ありがとう……」と、くり返して、涙を流した。

「大丈夫かい？」

「はい……。こんなにやさしくしていただいて……」

「気にしないで。看護師さんがすぐ戻って来るよ」

と、英夫は微笑みかけた。

すると——女性は目をこすって、

「——栄治さん！」

と言った。

英夫は面食らって、

「何だって？」

「栄治さん！　栄治さんでしょ！」

声が震えた。「私、良子よ。お店にいた良子。——栄治さん、あなた、生きてたの！」

「君……」

英夫は当惑するばかりだった。「僕は山田英夫。刑事だ」

「でも……そんなこと……」

そこへ、

「安原良子さんね！」

と、若い看護師が小走りにやって来た。「じゃ、先生が診察するから」
ストレッチャーが、ガラガラと音をたてて行ってしまうのを、英夫は見送っていた。
——今、あの女性は何と言ったろう？
「えいじさん」と呼んだ。そして自分は「よしこ」だと。
安原良子。そういう名前だったようだ。
しかし——誰かと間違えていたのか？　それとも……。
英夫はソファの方へ戻って行った。
牧田は少し口を開けて、眠っていた。
ソファに座って、英夫は深呼吸した。
「えいじ」？
英夫の記憶のどこかに、その名前が響いたようだった。

24　接近

「あなた」

と、ゆかりが言った。「牧田さんから電話よ」

英夫はすぐに返事しなかった。

妻の言葉が聞こえていないかのようだった。

「ね、牧田さんから――」

「分った」

英夫は我に返ったようにそう言って、ゆかりからケータイを受け取った。

「――現場検証、明日の午前九時だ」

と、牧田は言った。

「分りました。直接カントリークラブへ」

「うん。その方が時間のむだがないな」

「何か情報は……」

「佐山のことか？　今のところ、何も入って来ていない」

「奴はきっとまだ近くにいますよ」

と、英夫は言った。

「お前、佐山が東京から離れると言ってたじゃないか」

「もちろん、そうだと思います。でも、何となく、まだどこへも行ってないような気がするんです。直感ですが」

「分った。しかし、無理するなよ」

「はい、大丈夫です」

「じゃ、明日な」

――切れたケータイを、英夫はじっと見下ろしていたが、ゆかりへ訊いた。

「これ、どこに置いてあった？」

「寝室で鳴ってたのよ」

「そうか……」

「珍しいわね。疲れてるのよ」

いつ、何どき連絡があるか分らない。ケータイは常に手元に置いていた。

ゆかりの言葉を、英夫は否定しなかった。ゆかりは不安げに、

「大丈夫なの？　今日はお休みしたら？」

と言って、夫の肩に手をかけた。

「僕は刑事だよ」

と、英夫は笑って見せた。「ちょっと疲れてますので、と言って休めるかい？」

「でも――寝込んだら、もっと迷惑をかけるでしょ」

「心配してくれるのはありがたいけど、本当に何ともないんだ」

と言って、英夫は立ち上ると、仕度をした。

「マリはどうだい？」

と、コーヒーを飲みながら訊く。

三歳のマリは、幼稚園の体験保育に行き始めていた。

「おとなしくしてるみたい。でも、子供同士だわ。じきに慣れてくるでしょ」

と、ゆかりは言った。「送って行ったら、またすぐお迎えに行かないと。たった二時間ですものね」

「しかし、マリにとっちゃ大冒険だ。疲れてるんじゃないか？」

「そうね。以前よりお昼寝の時間が長いわ」

「そうやって大きくなるんだな」

英夫は立ち上ると、「出かけるよ」

と、玄関の方へ向った。

「えいじさん！」

あの病院で、安原良子という女性から、そう呼ばれたこと。

英夫は、その「えいじ」という名前が、頭の中でくり返し響いているのを感じていた。

もちろん、分っている。――自分は生死の境をさまよって、自分についての記憶を失った。

そこへ、あの「えいじさん！」という言葉だ。

あの女性は、本来の英夫のことを知っているのかもしれない。見間違いということもあるだろうが、あれだけはっきりと……。

そして、「お店にいた良子」だと言った。

本当なら、あの女性に会って、「えいじ」について訊くべきだ。分っている。

しかし、英夫は困惑していた。山田英夫の自分がここにいる。突然そうじゃないと言われても……。

むろん、英夫が今の名前を名のることになった事情は、ゆかりも分っている。本当の自分がどこで何をしていたのか、分ったとしても、今の刑事という仕事を辞めるつもりはなかった。

「お店にいた」という言葉からすると、どこかの商店にでもいたのか。

「――また後だ」

この一件が片付いてからでいい。英夫はそう思っていた。

今が肝心なときだ。

佐山を逮捕する機会は、今しかない。――どうしてか、英夫はそう思っていた。

佐山と、ふしぎにつながった縁が、英夫にそう感じさせていた。第六感、などと言えば牧田に笑われそうだが、英夫はそう信じていたのである。

電車に揺られながら、英夫は表の風景を眺めていた。よく晴れた日だった。

「良子ちゃん」

どこかで呼んでいる。——安原良子は、ぼんやりとした意識の中で、その声を聞いていた。

誰？　どこかで聞いたような……。

「分る？　良子ちゃん」

不意に、カメラのピントが合うように、良子は紀久子の顔を見ていた。

「——紀久子さん」

どうしてここへ、と訊こうとして思い出していた。ここに入院したとメールを送っていたことを。

「メール見て、びっくりしたわ」

と、紀久子はベッドのそばの椅子に腰をおろした。

「すみません。わざわざ。——何だか心細くて、つい紀久子さんにメールしてしまったんです」

「そんなこと、いいのよ」

と、紀久子は小さな紙袋をベッドのそばに置いて、「何だか目についたから、この近くで買って来たの。小さなシュークリームよ。私もいただいたことがあるけど、おいしいの。甘いものって、気持が休まるでしょ」

「ありがとうございます」

と、良子はちょっと涙ぐんだ。

「それで——具合はどう？」

「ええ……。やっぱりだめで……。流産してしまいました」

「そう。それは残念だったわね」

「でも——却って良かったのかもしれません」

「どうして？」

「入院したと連絡しても、見舞にも来てくれませんん」

「まあ……」

「もともと別れ話をしてたんで……。たぶん入院してる間に、どこかへ消えてると思います」

「それじゃ……。一からやり直すチャンスだと思って。今は体を大事にしてちょうだい」

「ありがとう……。まだ若いんですものね」

と、良子は強がって見せた。

「その調子よ。でも――入院はどれくらいになりそう?」

「まだ、様子を見て、ってことですけど……。一週間ぐらいでしょう」

「そう……」

紀久子は少しためらって、「――ね、もし入院の費用のことで、大変だったら、言ってね。気を悪くされると困るんだけど」

「とんでもない。――ありがとうございます」

と、良子はちょっと声を詰まらせて、「正直なところ、こんなに休んでしまって、もう仕事は……。もし、助けてもらえたら、ありがたいです」

「昔なじみじゃないの。いいわ。退院が決ったら連絡してちょうだい。大したことはできないけど、ここの支払いぐらいは大丈夫」

「はい……。すみません、本当に」

「そんなこと言わないで。今は体を休めてね」

と、紀久子は言って、腕時計を見ると、「私、ちょっと行く所があるの。――じゃ、来られたらまた来るわ」

と立ち上った。

「――紀久子さん」

と、良子は言った。「あの——私、ここに運ばれたときに……」

「え？」

そこへ、看護師がやって来て、

「安原さん、体温を測りましょうね」

と、声をかけた。

紀久子は傍へよけて、

「それじゃ、また」

と、良子へ微笑んで見せると、足早に病室を出て行った。

良子は——どうして、初めから言わなかったのだろう、と自分に問いかけた。

私、栄治さんに会ったんです！　栄治さん、生きてたんですよ！

言わなければ、と思いながら、後回しにしてしまった。

もしかすると「他人の空似」だったかもしれない。あの男の人は、山田とか何とか言っていたし、刑事だとも……。

しかし、良子は、あれが間違いなく小山栄治だったと信じていた。それはただ顔が似ているというったことだけではなく、全体の印象——表情も声も、話し方、そしてそのやさしさまでもが、栄治そのものだったからである。

「——いいわ」

と、良子は呟いた。「この次で。今すぐ言わなくたって……」


「必ず全員、と申し上げたはずです」

と、英夫はくり返した。

「それは分ってるが……」

蔵原は困惑していた。「妻と子供だけだよ。二人とも何も見ておらん」

「それは分らないでしょう。この場所に立てば、思い出すことがあるかもしれません」

「何も見とらんよ。私が言うのだから確かだ」

英夫と蔵原の押し問答になっていた。

葉山が狙撃された、ゴルフ場のグリーン。

現場検証は予定通り始まったが、

「参加人数が違う」

と、英夫が気付いた。

そして、蔵原の妻と子供が一緒だったと聞くと、

「ここへ呼んで下さい」

と言い出したのである。

蔵原は、あんな出来事のあった場所に、紀久子や竜一を連れて来たくなかった。

「子供は小学一年生だよ。妻は学校の用がある。どうしてそんなことまで——」

「これは殺人事件ですよ」

と、英夫は言った。「人一人、死んでるんです。犯人を捕えるために、我々は全力を——」

「まあ、待ちなさい」

と、割って入ったのは坂口だった。「君の言うことは分るが、犯人の痕跡を捜すのなら、充分ではないかね？　犯人の見当はついていると君が言ったじゃないか」

「しかし、それとこれとは別です」

英夫の肩を叩いて、牧田が、

「もういいだろう」

と言った。「今からここへ来てもらうとなれば、何時間もかかる。大臣もそうは待っておられないだろう」

「でも——」

「蔵原さんの奥さんには、個別に会って、お話を

聞くことにすればいい」

英夫も息をついて、

「――分りました」

と言った。「では、改めて奥さんのお話を」

「分った。じゃ、紀久子にそう言っておく」

と、蔵原は言った。「連絡は私にしてくれ」

英夫はちょっと間を置いて、

「奥さんは、何とおっしゃるんですか?」

「紀久子だ。この字で」

と、蔵原はてのひらに指で文字を書いた。

「紀久子さん……ですか」

英夫はそう言って肯くと、「では、ご都合を後で伺います」

と、念を押すように言った。

「犯人がどこから葉山さんを撃ったかなんて、我々に分るわけがないだろう」

ゴルフ場での現場検証は、とても順調とは言えなかった。

あくまで、

「どこにいたとき、どの方向から銃声が聞こえたか」

正確さにこだわる英夫の質問に、大臣の坂口を始め、他の面々も苛立っていた。

「君も刑事として、確かめたい気持はよく分る」

と、坂口は言った。「しかし、皆さん、忙しい中、こうして集まっておられるんだ。そう無理を言われてもね」

「これは――」

「殺人事件だ。それはよく分っている。葉山さんとは我々の方が親しかったし、あんな亡くなり方をして、怒りを覚えている」

坂口はできるだけていねいに言った。

英夫の熱意に、打たれていたからでもあった。

「おい、英夫」

と、牧田が言った。「お話を伺うのは、もう充分だろう」

「ですが――」

「後は我々が犯人の痕跡を見付けるしかないよ」

ホッとした空気が流れた。

「――分りました」

と、英夫も息をついて、「では今日のところは……」

不服ではあったが、仕方ない。牧田の言う通りなのだ。

しかし、何日もたってしまっている。しかも「VIPご用達」の、このゴルフコースは現場検証まで閉鎖してほしい、という牧田や英夫の要望など全く無視して、通常通り営業していたのである。

「では、失礼するよ」

と、坂口は英夫の肩を叩いて、「一刻も早く、犯人を逮捕してくれ」

「はぁ……」

白けた気分で、英夫は、坂口や、蔵原たちがクラブハウスの方へ戻って行くのを見送った。

「牧田さん――」

「いや、お前の言い分はよく分る。しかしな、現実には、ああでもない、こうでもない、と妥協していくしかないんだ」

英夫にはもうひとつ、「気になっている」ことがあった。

蔵原から、

「妻は紀久子だ」

と聞かされ、〈紀久子〉の文字を教えられた。

しかし――英夫はなぜか、蔵原から教えられる前に、〈きくこ〉がどういう字を書くのか分っていたのだ。

紀久子……。

「――おい英夫、大丈夫か？」

と、牧田は気づかって言った。

「ええ……」

紀久子！　そうだ。――紀久子。

英夫は、〈えいじさん！〉と呼ばれたことが、〈紀久子〉へとつながっていると悟っていた。

自分は誰なのか？　知りたいと思いつつ、恐れていた瞬間が訪れようとしていた。

「あ、おじちゃん」

と、マリが言った。

「え？」

ゆかりは、マリの手を引いて歩いていたが、足を止めて、マリの視線を追った。

「やあ、これは」

相変らず、コートをはおり、メガネをかけた姿で、「また偶然ですね」

「高橋さん！」

トラックに危うくひかれそうになったマリを助けてくれた高橋だったのである。

「元気かい？」

と、マリの頭をなでる。

「あの――おけがの方はいかがですか？」

マリを助けるとき、手にけがをしていた。

「もうすっかり。幼稚園の帰りかな？」

「そうなんです。あの――よろしかったら、お寄りになりませんか？」

と、ゆかりは言っていた。

「いや、そんな迷惑を――」

「とんでもない！　今、この子と食べようと思って、ケーキを買って来たんです。お急ぎでなかったら、ぜひ」

「ケーキか！　甘いものなど、ずいぶん食べてないな」

と、高橋は微笑んで、「それじゃ、図々しくお邪魔しようか」

「ええ、どうぞ。おいしいコーヒーをおいれしますわ」

「だが……ご主人はお宅に?」

「いいえ。毎日遅いです。このところ」

――ゆかりは家へ入ると、高橋がマリと遊んでいるのを横目で見ながら、お湯をわかし、コーヒー豆を挽いた。


「やあ、いい香りだ」

と、高橋が言った。「香りだけで、疲れが取れるね」

「そうおっしゃっていただくと……」

コーヒーを出して、ケーキを皿にのせる。

マリは、口の周りに生クリームをくっつけながら、せっせとケーキを食べていた。

「ほら、ベタベタよ」

ゆかりは、ウエットティシューで、マリの口の周りや指を拭いた。

「――旨い」

高橋は、ケーキを食べながら、「しかし奥さん、三つめのケーキは、本当はご主人のものじゃなかったのかな?」

「いいんです」

と、ゆかりは笑って、「どうせ遅く帰ったら、甘いものなんか食べません。ただ、二つだけ買うのは、何だか……」

「ご主人のことを愛してるんだね」

「そんな……。突然、そんなこと言わないで下さい」

ゆかりは真赤になった。

――少しすると、マリはカーペットに横になって眠ってしまった。ゆかりはタオルケットをマリにそっとかけてやった。

「ご主人の傷の方はどうです？」

「ええ、すっかり元の通りというのは難しいようですけど。でも、少しずつは……」

ゆかりも自分のコーヒーを飲んだ。

「とてもいい表情だ」

「え？」

「この前、ここにお邪魔したときは、何だか疲れて見えたがね」

「まあ。そうでしょうか？」

と、ゆかりは照れたように笑った。「でも――そうだったかもしれません」

と、真顔になると、

「脚が不自由になってから、私たち――ずいぶんなかったんです。あの……」

「今は？」

「ええ。戻って来てくれました。それが嬉しくて……」

そこまで言って、ゆかりはハッとしたように、

「いやだわ、こんなことお話ししてしまって……」

と、顔を伏せた。

「いいじゃないですか」

と、高橋は肯いて言った。「それは、夫婦の絆

の一番肝心なことだ」

「ええ。そう思いました。一時は、もう一生この人は私を抱いてくれないかも、と思っていましたけど、本当に久しぶりにその気持になって……」

「いや、羨しい話だ」

「高橋さんは――とてもやさしくて、女の方に好かれそうですね」

「嬉しいお世辞だな」

と、高橋は笑った。「こんな平凡な男、一向にもてないよ」

「そんな……」

そのとき、ゆかりのケータイが鳴った。

「――主人だわ。――もしもし」

高橋は立ち上ると、玄関の方へ出て行った。

「――分ったわ。ね、この間マリを助けて下さった高橋さんとバッタリお会いしてね。今、家でコーヒーを。――ええ、もちろん、お話ししておくわ。気を付けてね」

ゆかりは通話を切ると、急いで玄関へ出て来て、

「もうお帰りですか」

「営業は足で稼がないとね」

高橋はコートをはおった。

「主人が、くれぐれもよろしくと」

高橋は、靴をはくと、

「暖かい家庭を拝見すると、身も心もほぐれるよ」

と言った。「それじゃ、失礼」

「どうも……。またお寄り下さい」

高橋は黙って会釈すると、出て行った。

ゆかりが戻ると、マリが起き上っていた。

「お電話で目が覚めちゃった?」

「ママ、喉かわいた」

「じゃ、お水でね。あんまり冷たいものばかり飲むと、お腹をこわすわ」

ケーキの皿などを片付けていると、マリがリモコンでTVを点けた。

「――はい、お水」

と、ゆかりが可愛い花柄のグラスで持って来ると、マリはガブガブと飲み干してしまった。

「もう眠くない?」

「うん」

「ママ、お買物に行くわ」

「マリも」

「そう? じゃ、お手々を洗ってらっしゃい」

「はい」

と、マリが立って行く。

「――葉山議員殺害の犯人について、すでに手配中の佐山満容疑者の可能性が高いと……」

つい、〈佐山〉の名が耳に入る。

ゆかりはTV画面に出ている佐山の顔写真を見た。もう何度も見ている顔だ。

英夫に重い傷を負わせた男である。

「お手々、洗って来た」

と、マリが戻って来る。

「じゃ、買物に行きましょう」

と、ゆかりは言った。「TVを消して」

「うん」

リモコンを手にしたマリが、TVを見て、

「おじちゃんだ」

と言った。

「え?」

「おじちゃんの写真が……」

ゆかりはTVへ目をやった。もう、別のコマーシャルになっていた。

何をやってるんだ、俺は……。

佐山は、山田英夫の家を出ると、タクシーを拾って、都心へと向った。

——あの若い妻も、当然佐山の写真を見ているはずだ。

まさか、子供の命を助けてくれた「高橋」が佐山だなどとは、考えてもみないだろうが。しかし、いつ気付かれてもおかしくはない。

佐山は、あのゆかりが、幸せそうにしているのを見て、ホッとしていたのだ。

ゆかりと、娘のマリ。——あの二人をもう一度見たかった。

もちろん、危い綱渡りであることは承知だ。

それでも……。

佐山のケータイに、メールが届いた。

〈もう一件、仕事を頼みたい〉

簡潔なメールだった。

25　最後の仕事

「お帰りなさい」

蔵原が帰宅すると、紀久子が玄関に出て来た。

「何だ、出かけなかったのか」

と、蔵原は上着を脱いで紀久子へ渡した。

「あなた、私、そんなに遊び歩いてます？」

と、紀久子は少し笑みを含んだ表情で言った。

「いや、そんな意味で言ったんじゃない」

「分っていますわ。——大変でした？〈現場検証〉とかって」

「まあな。警察も必死だ」

「そうでしょうね。葉山先生がどうして……」

「犯人の目星はついているらしい。ただ、そう簡単には捕まらんらしい」

「そうだわ。北山さんから、午後三時からの面談はどうしますかと訊いて来ました」

「そうか。俺のケータイへかければいいのに」

「捜査の邪魔をしてはいけないと思ったんでしょう」

「今日は休む。北山には電話するよ」

「そう。少しお休みになった方が……」

「そういえば、刑事がお前もゴルフ場にいたから、話を聞きたいと言っていたぞ」

「そうですか。お仕事ですものね」

「熱心というか、あそこまでしつこいと苛々する」

「でも、葉山先生を殺した人間を、早く逮捕してほしいですわ。——コーヒー、お飲みになる？」

「ああ、もらおう」

紀久子はキッチンへ行くと、コーヒー豆を挽い

て、

「――刑事さんにはどう連絡すれば？」

と訊いた。

「いい香りだな。――向うから何か言って来るさ」

「そうだわ、あなた……」

紀久子は、入院している安原良子のことを話した。「入院の費用を持ってあげたいと思うんですけど……」

「そうか。――いいじゃないか」

「すみません。昔、とても仲良くしていた人なんです」

蔵原はそれ以上聞こうとはせず、ケータイで秘書の北山にかけると、

「二、三日休む」

と言った。「夜にでもうちへ来てくれ」

それを聞いていた紀久子は、蔵原の着替えを手伝って、

「どこか具合でも良くないんですか？」

と訊いた。

「いや、何ともないよ」

ソファに寛いだ蔵原は、紀久子のいれたコーヒーをゆっくり味わって、

「なあ、紀久子」

「はい？」

「俺は――少し身の程知らずだったかな」

紀久子は蔵原と並んで座ると、

「あなた……」

「しょせんは小さな田舎町の顔役だ。――いや、竜一を今の学校へ入れたりしたのは良かったと思っている。だが、葉山さんがあんなことになったのを見て、俺の住んでいる世界とはまるで違う、

と思ったんだ。もちろん、ギャングやヤクザの社会じゃないから、そう簡単に人殺しは起らないだろう。だが、起ってもあまり動揺しない坂口さんを見たりすると……。やはり、ここは俺の知ってる世界とは違うという気がしたんだ」

紀久子は夫の手に手を重ねると、

「少し、無理をしているように見えました」

と言った。「私たちと竜ちゃんの三人で生活していければいいのでは？　あなたは充分な仕事をやりとげましたよ」

「うん……」

蔵原は微笑んで、「お前がいてくれたおかげだ」

と言うと、紀久子の肩を抱いた。

「あなた、ケータイが」

テーブルの上で、蔵原のケータイが鳴った。

「切っとけば良かったな」

蔵原はスピーカーモードにして、「蔵原だ」

「〈現場検証〉でお会いした山田です」

「ああ、君か」

「ご迷惑でなければ、今からお宅へお伺いして、奥様のお話を、と思っているのですが」

せっかちな奴だ、と言うように苦笑して、

「どうする？」

と、紀久子へ言った。

「私は構いません。どうぞ」

と、紀久子が言った。

「ありがとうございます。では一時間後に」

「お待ちしています」

紀久子は夫を見て、「やさしそうな話し方ですね」

「仕事熱心ではあるがな」

ケータイにまた着信があった。「坂口大臣だ。

——蔵原でございます」

「今、自宅かね?」

と、坂口が言った。

「そうです」

「一人か?」

「家内が一緒に……」

「そうか。ちょうど良かった。一緒に聞いてくれ」

「何でしょう」

「葉山君が君に現金を都合させただろう」

「はい。すぐ返していただきましたが」

「あの金は、葉山君を殺した男への支払いに使われたんだ」

蔵原と紀久子は絶句した。——坂口は続けて、

「もちろん、君は全く知らないことだ。ただ万一、犯人が捕まったとき、金の出所ということで、何か言われるかもしれん。何も知らない、で通してくれ」

「はあ……」

「葉山君や私のいる世界は、君とは違うんだ」

と、坂口は言った。「これ以上、係り合わないことだ」

「それは……」

と、蔵原が口ごもると、紀久子が言った。

「坂口先生。どうして私たちにその話を?」

「奥さん、蔵原君は幸せ者だ」

「はぁ……」

「政治の世界など、知らない方がいい。では……」

「あの——」

「そうだ。アイリスのチケットをありがとう」

「あ……いえ」

「とても良かった。恥ずかしいが、感激したよ。こんな年寄が」

「そんな……。楽しんでいただけたのなら良かったです」

「うん。ともかく礼を言っておこうと思ってた」

と、坂口は穏やかな口調で言ったが、そのとき、突然、「――何だ、お前は！」

と声を上げた。

蔵原と紀久子はびっくりして、

「大臣！　どうなさったんですか？」

と呼びかけたが、坂口が、

「お前は――佐山だな」

と言うのが聞こえて、通話は切れた。

「あなた――」

「佐山っていうのは、葉山先生を殺した奴だ」

「坂口先生の所に……。そうだわ」

紀久子はケータイをつかむと、山田刑事の番号へとかけた。

「――もしもし、山田です。先ほどは――」

「今、坂口先生から電話で」

「坂口大臣ですか？」

「坂口先生の所に佐山という男が」

「何ですって？」

「突然現われたようです。切れてしまいましたが」

「分りました！　至急大臣の自宅へ駆けつけます！」

――紀久子は、ケータイを握ったまま、しばらく動けなかった。

「坂口さんは……」

「坂口大臣まで殺されたのか？」

「そんなこと……」

「分らん」

と、深く息をつくと、蔵原は言った。「どうなってるんだ！」

銃口は真直ぐ坂口を狙っていた。

「邪魔して悪かったな」

と、佐山が言った。

居間のソファにかけた坂口は、

「お手伝いの女はどうした？　殺したのか」

と訊いた。

「いや、廊下で気を失ってる」

「そうか。――殺さないでやってくれ。私一人で充分だろう」

佐山はじっと坂口を見ていたが、

「意外じゃないのか」

と訊いた。

「もちろん驚いたが、こういうこともあるかもしれないとは思っていた」

「そうか」

佐山は口元に笑みを浮かべて、「事情は知らないが、大変なんだな、政治の世界ってのも」

「葉山が殺されたとき、それだけですまないかもしれないと思った」

と、坂口は言った。「お前の名前はもう知れてる」

「分ってる」

と、佐山が肯いて、「これを最後の仕事にするつもりだ」

「しかし、どこへ逃げる？　日本は狭いぞ」

「心配してくれるのか」

「まあ、どうでもいい。だが、仕事だろう。なぜすぐ引金を引かない」

「そうだな」

佐山はそう言うと、引金を引いた。


「大臣！」

山田英夫は、坂口邸の玄関へと駆け込んだ。付近にいたパトカーが先に駆けつけて、警官が居間の入口に立っていた。

「大臣は？」

英夫は居間へ入った。——坂口が肩を押えて、ソファに座っていた。

「今、救急車を呼びました」

と、警官が言った。

「坂口さん……」

「大丈夫だ」

と、坂口は肯いて、「肩を撃って、出て行ったよ、佐山は」

「出血が——」

「大したことはない」

と、坂口はちょっと顔をゆがめて、「痛いことは確かだがな」

「蔵原さんから知らせてもらって……」

「ああ。言っておいてくれ。私は大丈夫、生きていると」

「分りました」

サイレンが聞こえて来た。

「救急車ですね」

「ここへ呼んでくれ」

と、英夫は言って、「佐山はどこへ……」

「分らないが……。最後の仕事に、私を殺すことを引き受けたようだ」

「しかし——」

「そうなんだ。なぜか私を殺さなかった。狙いを外すわけはなかったのに……」

「わざと肩を撃って出て行ったんですか?」

「そうなんだ。なぜか分らん」

と、坂口は首を振って、「もうこの辺りにはいないだろう」

救急隊員が駆けつけて来る。

「歩けますか?」

「ああ、大丈夫だ」

と、坂口はゆっくりと立ち上った。

英夫は救急車を見送ってから、牧田と連絡を取って、病院へ人をやるように頼んだ。

「一応この付近を捜索してみます」

と言っておいて、次に英夫は蔵原へかけた。

蔵原が出て、英夫の話を聞くと、

「――それは良かった!」

と言った。

「奥様にもお伝え下さい。それと、お話を伺うのは、また改めて、と」

「分った。伝えるよ」

――英夫は、夜の暗がりを見回して、佐山がこのどこかに潜んでいるのだ、と思った。

しかし――どうして「殺しのプロ」のはずの佐山が、坂口を殺さなかったのだろう?

ふしぎな男だ。

ケータイが鳴った。ゆかりからだ。

「もしもし。今、かけようと思ってたんだ」

と、英夫は言った。「とんでもないことになってね」

「あなた……」

と、ゆかりが言った。

「どうした?」

「あの――佐山って人は?」

「佐山が、坂口大臣を撃ったんだ。幸い坂口さんは軽いけがだったが。——どうかしたのか？」

「あなた。落ちついて聞いて」

「何だ？」

「今日、高橋さんって、マリを助けてくれた方がみえて……」

「ああ、そうだったな」

「帰られてから、マリがTVを見て言ったの。『おじちゃんだ』って。TVに、佐山の写真が出ていた」

「——何だって？」

「考えてもみなかったけど……。私、佐山の写真を見直したの。そう、きっとそうだと思う。あの高橋さんは——佐山だわ」

英夫はしばし何も言えず、立ちつくしていた。

「ごめんなさい」

と、ゆかりが言った。「私がもっと早く気付いていたら……」

「それは仕方ないよ」

と、英夫は首を振って、「まさか、マリの命の恩人が殺人犯だなんて、誰も考えないさ」

「でも……」

——夜になっていた。

マリはもう眠っている。

英夫の帰宅も遅くなった。坂口の屋敷の周辺を、むだと思いつつも捜索しないわけにはいかなかったのだ。

「ともかく……」

と、英夫はネクタイを外して、ワイシャツの胸をはだけた。「マリの命を助けてくれたのは事実だからな」

「ええ、それはそうだけど……。どうしてこの近くに来ていたのかしら」

「僕の家を捜してさ。きっとそうだ」

「でも――どうして？」

「佐山は僕の足をこんな風にしてしまったことを気にしていたんだ。自分で撃っといて妙な話だろ？　しかし、あいつはそういう奴なんだ」

と、英夫は言った。

TVでは夜中だが坂口狙撃と、佐山の逃走のニュースをやっていた。

肩を押えた坂口が救急車に乗って行く。

それを見送っている英夫が画面に映っていた。

紀久子は一人、ぼんやりと居間のソファで休んでいた。夫は疲れたのか先に寝た。

「でも――坂口さんが無事で良かった……」

と、紀久子は呟いた。

もちろん傷を負ってはいるが。――それにしても、葉山を殺すのに使われたお金。

その話はショックだった。そして夫も言っていたように、「ここは私たちの生きる場所ではない」のだということ……。

「――まだ起きてたのか」

と、蔵原がいつの間にか立っていた。

「あなた……。眠る気になれなくて」

「そうだな。しかし、明日も竜一の学校がある」

「ええ。あなた――何か飲みます？」

「ああ、ちょっと喉が渇いた。――まだあのニュースか」

TVが点けっ放しになっていて、坂口が狙撃されたニュースをやっていたのだ。

「しばらくは大変だろうな」

と、蔵原がＴＶを見ながら言った。

「私たちは何も知らなかったと——」

そこまで言って、紀久子の言葉が途切れた。じっとＴＶを見つめている。

「どうした？」

と、蔵原が訊く。

「今、救急車を見送ってた人が、ちょっと映ってたけど……」

「ああ、背広の若い男だろ？　あれが山田って刑事だ。お前も電話で話したろう」

「刑事……。あの人が……」

蔵原は台所へ行くと、冷蔵庫からミネラルウォーターのペットボトルを取り出した。

紀久子は凍りついたように、もう別のニュースに変っているＴＶ画面の方を向いたままだった。

——栄治さん！

あれは栄治だ。何秒間か見ただけでも、充分だった。

栄治さんが生きていた！

同時に、電話で話したときの声を思い出していた。坂口の所に佐山が現われたことを伝える、緊急のときではあったが……。

あの声！　——ああ！　何てことだろう！

栄治さんが生きていた！

「——先に寝るぞ」

と、蔵原が声をかけた。「お前ももう寝た方がいい」

「ええ、あなた」

無意識に答えていた。

何度か大きく息をついた。そしてパッと立ち上ると、台所へ駆けて行って、コップに一杯、水道の水を入れ、一気に飲んだ。

「どうして……。どういうこと？」

口に出さずにはいられなかった。

確かに、大堀広が、栄治の死体を確認していなかったと聞いたとき、チラリと「もしかしたら」という思いが頭をかすめた。

それにしても……。山田という刑事？

紀久子は、「他人の空似」かもしれないとは、全く考えなかった。あれが小山栄治なのは間違いない。

どんな事情があったのか、今、山田と名のっている。そして、事件を通して、紀久子と係っているのだ。

どうしよう？　――このまま知らなかったことにはできない。

今、彼が山田刑事だとしても、ともかく会わなくては。

会ってどうしようとは考えられなかった。彼の方も紀久子が生きていると知らないのかもしれない。

どんなことになろうと……。会わなくては。

栄治さんに会わなくては……。

26　再会

「これはどうも……」

　と、牧田は廊下へ出て来ると、「蔵原さんの奥様ですね。わざわざおいでいただいて」

「いえ、お忙しいところ、申し訳ございません」

　と、紀久子は言った。

「坂口大臣の件では、山田に連絡をいただいて、ありがとうございました」

「いいえ。でも坂口様が大変なことで」

「それでも、命に別状ないということでホッとしましたが。——ともかく、どうぞ」

　仕切られただけの応接セットに案内されて、紀久子は、

「それで——山田さんは今日おいでに……」

　と言った。

「それが今日は休んでるんです。彼もちょっと歩くのが不自由でしてね。ご主人はお会いになっていますよね」

「そのお話は……。実は……妙なことを伺うようですが……」

「何でしょう？」

　と、牧田は訊いた。

「山田さんのことです。あの——ＴＶでちょっとお姿を拝見したのですけど」

「ああ、ニュースに出ていましたね」

「あれを見て……。昔知っていた人と、とてもよく似ていたものですから、驚きまして」

「知り合いの方に？　そうですか」

「もちろん、たまたまのことだと思ったのですが、もしかして……」

「いや、奥さん。彼は本当の名前を憶えていなかったんです」

牧田の言葉に、紀久子は息を呑んだ。

「それはどういう……」

「日野という男に刺されましてね。重傷を負ったんです……」

牧田の話に、紀久子は固く両手を握りしめて聞き入った……。


英夫は迷っていた。

佐山が、マリの命を救ってくれた。そして我が家にやって来ていた。

――それはとんでもないことだ。

署へ行って、何と説明したらいいのか。

もちろん、英夫は会っていなかったのだし、ゆかりも、それが佐山だとは気付かなかったのだから、咎められることはないだろう。

とはいえ、この家の近くに佐山がやって来ていたのは確かなのだ。

「まさか……」

もう佐山だって、またここへやって来ることはないだろう。

しかし、絶対にないかと言われると、英夫にも確信は持てない。

英夫は家を出て、小さな公園まで行ってみた。

――ここで佐山がゆかりと会ったのだ。

「あなた」

と、ゆかりの声がした。「どうしたの?」

「いや、ちょっと考えごとさ」

ゆかりはマリの手を引いていた。

幼稚園から連れて帰って来たところである。

「ここだったわ」

と、ゆかりが言うと、

「もう忘れろ。終ったことだよ」

「だけど……」

「マリが眠そうだ。先に帰っててくれ。署に連絡してみて、午後から出ようかと思ってる」

「ええ、分ったわ。お昼を何か食べる?」

「そうだな。軽くでいいから」

「雨が降るかもしれないわよ」

と、ゆかりは、空を見上げた。

「うん。すぐ戻るよ」

ゆかりがマリの手を引いて行ってしまうと、英夫は公園のベンチに腰をおろした。

佐山はなぜ坂口を殺さなかったのだろう?

あえて殺さなかったとしか思えない。

そしてその事実は、英夫が佐山に撃たれたときのことを思い出させずにはいなかった。

あのときも、佐山は英夫を殺そうと思えば殺せたのだ。しかし、そうしなかった……。

なぜなのか? ――受け負った仕事ではないから、かもしれない。

そこは割り切って――。

「栄治さん」

という声に、ハッとした。

そこに立っている女性を、英夫はじっと見つめた。

「蔵原さんの奥さんですね」

と、英夫は言った。「そのお声が……」

「私、紀久子よ。忘れたの?」

英夫は立ち上った。

「――今、栄治と?」

「あなたのことは牧田さんから聞いたわ。あなたの名前は、小山栄治」

「小山……」

英夫は呟くように言った。「そしてあなたは――」

「紀久子。松崎紀久子」

「松崎……。聞いたことがある」

と、英夫は言った。「紀久子さん……」

「ああ！」

と、紀久子は思わず声を上げた。「あなたは死んだと聞いていたの」

「死んだと？」

「生きてると知っていたら……。どうして、こんなことに……」

紀久子は激しく頭を振った。

「あの……落ちついて下さい。僕は記憶を失って――」

「知っています。あなたに奥さんもお子さんもいること。今、そこで見ていました」

紀久子は大きく息をついて、「ともかく……話を」

二人はベンチに並んで腰をおろした。

並んでベンチにかけたものの、紀久子はなかなか話を切り出せなかった。

顔を合わせたら、きっとすぐに紀久子のことを見分けて、何もかも思い出してくれると……。紀久子はそう信じていたのである。

いや、「信じていた」というほど強くはないにしても、「当然そうなるだろう」と思っていた。

しかし、彼は――栄治なのか英夫なのか――黙って座っているばかりだった。どこか当惑してさえいるようにも見えた。

「もう――七年も前のことだわ」

と、やっと紀久子が口を聞いた。「今となっては、遠い昔のようだけど、私たちは愛し合ってた。本当よ」

英夫は小さく肯いた。紀久子が続けて、

「私が他の男の人と結婚させられそうになって、私たちは家を出て逃げることにした。その途中で――」

と言いかけたときだった。

車の急ブレーキの音がして、英夫は反射的に腰を浮かした。

駆けてくる足音がして、

「英夫！」

と、呼ぶ声がした。

「牧田さん！」

英夫は立ち上って、「どうしたんですか？」

牧田の他にも、数人の刑事たちがやって来ていた。

「佐山だ」

と、牧田が言った。「佐山がこの近くで目撃されたという情報が」

牧田は紀久子に気付いて、

「奥さん。――ここにいては危険です」

「でも――」

紀久子は、どうしたものか迷った。

そのとき、英夫が息を呑んで、

「うちにいる！」

と言った。

「英夫――」

「あいつは、きっと僕の家に」

英夫は駆け出した。

「おい、待て！　英夫！」

牧田たちが後を追う。

紀久子は呆然と立ち尽くしていた。

玄関のドアはロックされていなかった。

英夫はドアを開けた。追って来た牧田の方へチラッと振り向くと、小さく首を横に振ってから、中へ入り、後ろ手にドアを閉めた。

「──ゆかり」

と言いつつ、玄関を上る。「今どこに──」

居間を覗くまでもなく、目に入ったのはソファにかけている佐山だった。

佐山のすぐそばで、マリがスケッチ帳に絵を描いていた。──ゆかりは少し離れて青ざめた顔で座っていた。

英夫が入って行くと、佐山は英夫を見上げて、

「脚は大分良くなったようだな」

と言った。


「──これゾウさんだよ」

と、絵を描きながらマリが言う。

「うん、そうか。お鼻が長いんだね」

と、佐山は穏やかな声で言った。

「逃げられないぞ」

と、英夫は言った。「表に何人も──」

「分ってる」

と、佐山は言った。「──そうか。今度はキリンさんを描こうか」

「お願いだ」

と、英夫は言った。「黙って出て行ってくれ」

「逮捕されに？　あんまり気が進まないな」

「どうするんだ」

「もう少しここにいさせてくれ」

「しかし──」

「応援を呼んでるだろ？　この家を取り囲むのに、

十分やそこらはかかる」

佐山は微笑んで、「お前も座れ。落ちつかない」

と、右手を上着の下へスッと入れた。拳銃を持っているのは間違いないだろう。

英夫は、佐山と向い合ったソファにゆっくりと腰をおろした。汗がこめかみを伝い落ちる。

外がどうなっているか。刑事だから見当はつく。

牧田は焦っているだろう。中で何が起っているか分らないはずだ。英夫だけでなく、ゆかりもマリもいるという状況で動かなければならない。

強引に突入して来ることは、まずない。しかし、中の様子が分らないと、不安と焦りだけがつのる。

「――外に連絡させてくれ」

と、英夫が言った。「間違いがあるといけない」

「心配だろう。大丈夫だ。長居はしない」

「佐山。――妻と娘は出してやってくれ。僕は脚を悪くしてる。あんたと戦うほどの力はない」

その場の雰囲気を感じたのだろう、マリがお絵かきの手を止めて、グスグスと泣き出した。

大声で泣き出したら、牧田たちが突入して来るかもしれないと思って、英夫はゾッとした。

しかし、英夫が手を伸すより早く、佐山がマリの方へ、

「怖いことなんかないよ、大丈夫」

と、笑顔で言うと、「おじさんと散歩に行こうか」

マリがホッとしたように、

「うん!」

と肯いた。

ゆかりが身をのり出して、

「お願いです。マリは――」

「俺はこの子を助けた。心配するな。危い目には

あわせない。――さ、行こう」

右手は上着の下へ入れたまま、佐山はマリと立ち上ると、マリの右手を左手でつかんで、玄関の方へと歩いて行った。

そのあまりのさりげなさに、英夫も佐山を襲うことができなかった。マリにけがをさせられない。

佐山がちょっと振り向いて、

「その脚には申し訳ないことをしたと思ってるよ」

と言った。「そんなひどい傷になると思わなかったんだ」

「そんなことは――」

「いや、俺にとっちゃ、どの殺しよりも、お前のその脚に後悔してる」

佐山は真面目にそう言うと、玄関へと下りた。

「あなた――」

「待て」

英夫は佐山がドアを開け放つのを見た。

表が一斉に緊張する。パトカーが玄関先をふさぎ、牧田たちがそのかげから、様子をうかがっていた。

佐山が見える。そしてマリも。

「手を出すな！」

と、牧田が命じた。

佐山は玄関から二、三歩出ると、

「お散歩するのは無理かもしれないね」

と、マリに言った。

英夫が玄関を下りる。しかし、手は出せない。

――それでも、英夫は佐山がマリに危害を加えることはないだろうと感じていた。

もちろん、殺人犯なのだ。次にどう出るか、想像はつかないが――。

そのとき——誰もが緊張で張りつめている中、思いもかけないことが起った。

パトカーの外側をすり抜けるようにして、女が——紀久子が出て来たのである。

「奥さん！」

牧田が啞然として、「戻って下さい！」

しかし、紀久子は当り前の足取りで、佐山の目の前に進んで行くと、足を止めた。

佐山は当惑した様子で、

「あんたは——金を届けに来た女だな」

「蔵原の妻です」

と、紀久子は言った。「人質にするなら私を。その子を放してあげて下さい」

「どういう意味だ」

「子供は憶えています。怖かったこと。あなたが目の前で殺されたら、その記憶をずっと持ち続けて行きます。そんなことはやめて下さい」

佐山はじっと紀久子の、穏やかな眼を見ていた。怯えても、怒ってもいない眼を。

「分った」

と、佐山は肯いて、マリの手を離した。

ゆかりが玄関へ出て来ていた。

「早く、娘さんを連れて行って！」

と、紀久子は言った。

ゆかりが思い切ったように駆け出すと、マリを抱き上げて、パトカーの方へ駆けて行った。英夫は紀久子と目が合った。

「早く行って」

と、紀久子が言った。「あなたはあの二人を守るのよ」

英夫は黙って小さく肯くと、ゆかりたちを追って、パトカーの方へ駆けて行った。

「中へ入りましょう」

と、紀久子は佐山に言った。

「どうなってる」

牧田が首を振って、「英夫、どういうことなんだ」

と、英夫の方へ訊いた。

「——分りません。僕にも」

「あの奥さんは、お前のことを訊きに来たんだ。昔の知り合いとよく似てると言ってた。それでお前の家を教えたんだが……」

英夫は何も言わなかった。

家の中で明りが点いた。

「よそのお台所は使いにくくて」

と言うと、紀久子は紅茶をいれて、居間のテーブルに置いた。

「ありがとう」

佐山は紅茶の香りをかいで、「この香りは落ちつくな」

と言った。

紀久子は一緒に紅茶を飲んだ。

「——聞きました」

と、紀久子は言った。「あのお金は葉山先生を殺す代金だったって」

「ああ。分らない世界だな。ついでに坂口も殺せと言われて。——正直いやになったよ」

「わざと殺さなかったんですね」

「うん。——だから俺はもう死んだのも同じだ。今警官に撃たれなくても、どうせ消される」

「私も」

「何がだ?」

「私も、一度死んだんです」

と、紀久子は言った。「そして、今日、もう一度死んだかもしれない。あの人が思い出してくれなかったら」

「あの山田って刑事か……」

「あの人の名は小山栄治。私が愛した人でした」

佐山は紅茶を飲みながら、

「話を聞かせてくれ」

と言った……。


「一体、どういうことだ！」

顔を真赤にして、蔵原は怒鳴ると牧田刑事の肩をつかんで揺さぶった。

「蔵原さん――」

「紀久子は――家内はどこにいる！」

「待って下さい」

と、牧田はパトカーから少し離れて、「成り行きでこうなってしまったんです。我々にもよく分らないんですよ」

「そんな馬鹿な話があるか！　現に、紀久子はあの佐山って殺人犯と二人きりで中にいるんだろう？」

「ええ、それは……」

蔵原は車を飛ばして駆けつけて来た。どうしてか、紀久子が今、目の前の山田刑事の家の中にいると聞いていたのだ。

「どういうことだ！　ともかく――ともかく早く紀久子を助け出せ！」

「蔵原さん」

と、声がして、山田英夫がやって来た。

「あんたか。どうして家内があんたの所に行ったんだ？」

「それは……」

英夫が口ごもる。

そのときだった。——銃声が響いた。

「牧田さん、家の中です！」

「よし！　突入するぞ！」

牧田はパトカーの間をすり抜けて、玄関ドアへと駆けつけた。

「鍵を壊せ！」

大きなハンマーが鍵を叩き壊す。そしてドアが開いた。

そのとき、二度目の銃声が耳を打った。

牧田は居間へ飛び込んだ。

目に入ったのは——床に座り込んで、喘ぎながら、両手で拳銃を握りしめている紀久子の姿だった。

「奥さん！　大丈夫ですか！」

牧田が駆け寄る。

「私……殺したの？」

と、紀久子がかすれた声で言った。

ソファから床へずり落ちた格好で、佐山が倒れていた。胸が血に染っていた。

他の刑事が佐山の首筋に指を当てて、

「——死んでます」

と言った。

「ああ……。私……撃たれそうになって……夢中でしがみついたんです。銃を、いつの間にかつかんでました。そして……。私その人を殺してしまったんですか？」

「いいんです！　これで良かったんですよ！　奥さんが無事で、何よりでした」

牧田は紀久子の手から拳銃を取って、「さあ……。立てますか？」

「はい……。何とか……」

「けがは？　どこか痛いところとか——」

「いえ、何ともありません。大丈夫です」

と、紀久子はよろけながら立ち上った。

「さあ、外へ。——ご主人がお待ちですよ」

「主人が？」

玄関から出ると、蔵原が駆け寄って来て、

「紀久子！　良かった！」

と、紀久子を力一杯抱きしめた。

「あなた……」

「何ともないのか？　本当か？」

「ええ」

「家へ連れて帰る。構わんだろうな」

蔵原の言葉に、牧田は肯いて、

「もちろんです。どうぞ」

としか言わなかった。


車の所で、三枝が待っていた。

「奥さん——。乗って下さい」

「ありがとう」

夫の手で押し込まれるように車に乗る。

シートに体を落ちつける間もなく、車は走り出していた。

紀久子は振り返ったが、人だかりと報道陣の車が目に入るだけで、それもすぐに見えなくなってしまった。

「竜ちゃんは？」

と、紀久子は訊いた。

「家で待ってる。電話してやろう。顔を見せてやれ」

「ええ……」

ビデオ通話の画面に、竜一の顔が一杯に映った。

「ママ！　大丈夫？」

「ええ、元気よ。すぐ帰るわね」

そう言って、紀久子は涙を拭った。

27　幕の外

〈前略　失礼いたします。

あのときは、本当にありがとうございました。

マリもすっかり元気にしております。

ちゃんとおうかがいしてお礼を申し上げなければ、と思いながら、ついつい遅くなってしまいました。

申し訳ございません。

奥様のおかげで、三人家族一同、今では何ごともなかったように平和に暮しています。

主人の脚も、先日二度目の手術をした結果が大変良く、ほとんど元の通りになるだろうと言われています。

杖なしで、普通に歩ける日も近いかもしれません。

一度三人で必ずお礼にうかがうつもりです。どうぞお元気で。

マリは今でもあの男のことを、ただの『おじちゃん』だと思っているようです。そのままにしておいても、と主人も言っています。

本当にありがとうございました。

山田ゆかり〉

〈蔵原紀久子様
あの後、片付けなければならない仕事が山ほどあって、追われていました。
それから、脚の二度目の手術を受けたことをお知らせします。結果は順調です。
佐山のポケットから見付かったノートが、政界の様々な不正を明らかにしていて、大騒ぎになりました。しかし、先日突然「その件については担当外」と言われ、こちらの手を離れてしまいました。

本当は、あのときのお礼をと思って書き出したのですが、どう申し上げたらいいのか。

私の本当の名前が小山栄治だと言われて、調査したところ、それらしい人物が行方不明になっていると分りました。

しかし、本当に申し訳ないのですが、松崎紀久子さんのことは、どうしても思い出せないのです。お許し下さい。

今、山田英夫の名で新しい暮しを送っており、これからも山田英夫として生きて行こうと思います。

遅くなりましたが、佐山の件について、捜査にご協力いただき、ありがとうございました。亡くなった上司の富田さんも喜んでくれているでしょう。山田英夫という名をつけてくれた人でもあります。

いずれ改めて、妻とマリと三人でお礼に伺おうと思っております。

どうかお元気でお過し下さい。

山田英夫〉

三枝の運転する車は心地よく都内を走っていた。後部座席に一人ゆったり腰かけている紀久子は、気持のいい日射しに、ウトウトしそうだった。

ケータイが鳴る。

「——もしもし」

「紀久子さん？　大堀広だけど」

「ああ！　広さん。どうかして？」

「ゆうべ……お袋が……」

「亡くなったの、美也子さん?」

「うん。あんたには世話になった」

「とんでもない。世話になったのは私の方だわ。

――お母様、何か……」

「うん、十日に一度くらいだったけど、俺のこと分ってさ。『広』って嬉しそうにしたり、『どこ行ってたのよ』って叱られたり」

「良かったわね。それであなたはこれから……」

「ちゃんと葬式して、いつか墓を建ててやろうと思ってる」

「そう。頑張ってね」

「あんたは……お袋のために苦労したんだな。何と言っていいか……」

「そんなこと、もう昔よ。気にしないでちょうだい」

「ありがとう。じゃ、また……」

「落ちついたら連絡ちょうだい」

そう言って、紀久子は通話を切った。

窓の外を少しまぶしげに見る。

大堀美也子が病に倒れたのが、紀久子の人生を大きく変えた。

しかし――今さらどうすることもできない。美也子を入院させ、ずっと費用を払って来たのは蔵原である。

これで良かったのだ……。

同郷だった安原良子は流産して男とも別れ、故郷の町へ帰って行った。

誰もが、どこかで生きる道を選ぶのだ。

ケータイに来たニュースを見ると、また誰だか大臣が一人辞めたらしい。

あの佐山が残したノートは政界にとって爆弾のようなものだったらしい。

葉山を殺す代金を蔵原が立て替える形で用意したことも明らかになったが、特に責任を問われることはなかった。

負傷した坂口大臣が、裏の出来事を証言して、ニュースになっている。

佐山の言った通りだった。

あのとき、山田英夫の家の居間で、佐山と二人きりになった紀久子は……。

「そうか」

佐山は紀久子の話を聞き終えて、「とんでもない生き方をして来たんだな」

と言った。

「あの人が生きていると知ってたら……。でも、あの人は私のことが分らないみたいで……」

と、紀久子は涙を拭った。「いっそ代りに私が死んでいたら良かった」

「本当にそう思ってるか?」

「え?」

「お前はまだ若い。過去は変えられないが、これからずっと長い年月がある。――なに、悲しいことや辛いことは、いずれ忘れるもんだ。俺に殺されたりしないで、生きていけ」

「そうでしょうか」

「それより」

と、佐山は表の方へ目をやって、「そろそろ、表の連中がしびれを切らすころだ」

「どうするんですか? 私を人質にして逃げる?」

「いや、もう充分逃げて疲れたよ」

「それじゃ……」

「一つ、頼みを聞いてくれ」

「何ですか」

佐山は拳銃を取り出した。

「これで、俺を撃ち殺してくれ」

紀久子は唖然として、

「とんでもない！　できませんよ、そんなこと」

「なに、簡単だ。これくらいの銃なら、ほとんど反動はない。心臓を狙って引金を引くだけだ」

「そんな……」

「一発、あんたの背後に向けて撃つ。銃声を聞いたら、連中は飛び込んで来る。十秒くらいしか時間はない。その間に撃ってくれ」

「でも――」

「頼む。警察に撃たれたくないんだ。奴ら、人なんか撃ったことがないのがほとんどだから、やたらあちこち撃たれたらかなわねえ」

と、佐山は首を振って、「あんたの方が、よほど落ちついてる。頼むよ」

紀久子は黙って肯いた。

「よし。じゃ、一発撃って、すぐこいつを渡すからな」

「でも――それなら一発目も私が撃ちます。その方が、撃った感じが分ります」

「なるほど。そうしよう」

佐山は紀久子へ拳銃を渡した。

「重いですね」

両手で持つと、「後ろへ撃てばいいんですね」

「そうだ。適当でいい」

紀久子は体をねじって、銃口を背後の壁へと向けた。

「――いいですか？」

「ああ、頼む」

耳を打つ銃声と共に、壁のカレンダーが裂かれた。

向き直った紀久子は拳銃を持ち直して、真直ぐに佐山の胸へと向けた。

玄関のドアを壊そうとする音がした。

佐山がちょっと微笑んだ。

紀久子は引金を引いた。


「奥さん」

と、三枝が言った。「ホテルは正面玄関に着けますか?」

「ええ。帰りは宴会場の出口の方へ。呼び出してもらうわ」

「分りました。お待ちしてます」

「パーティは七時半ごろまでだって。少し早く出るわ。あの子が疲れるから」

「いつでもお待ちしてますから」

三枝が車をホテルの正面に着ける。

「忘れやしない! 忘れるもんか!」

英夫から紀久子のケータイに電話がかかって来たのは、手紙が届いた翌日の夜中だった。

「栄治さん……」

「思い出した。何もかも思い出したよ」

「そう。——嬉しいわ。生きてくれて、本当に嬉しい」

「だけど……」

「言わないで。分ってる。お互いに、分ってるのよ。そうでしょ?」

「すまない。僕は……」

「謝らないで。二人とも、謝らないことにしましょうよ」

と、紀久子は言った。「誰のせいでもないんだわ。たまたま別の道に迷い込んでしまったの。でも今、そこで……あなたにも私にも愛する相手がいる」

「紀久子……」

「栄治さん。気を付けてね。もうけがをしないで」

「うん……。君も元気で……」

「栄治さん」

もう一度そう呼んで、切った。二度とこの名を呼ぶことはあるまい。


「ママ！」

ホテルのロビーに、明るい声が響いた。

竜一が紀久子を見付けて駆けて来る。

「竜ちゃん！　走らないで！　転ぶわよ！」

紀久子はそう声をかけながら、我が子へと足取りを速めた。

初出誌
「小説推理」二〇二二年三月号〜二〇二四年十二月号

TOKYO
FUTABASHA
BOOKS

別《わか》れ道《みち》の二人《ふたり》

二〇二五年三月二二日　第一刷発行

著者―赤川次郎《あかがわじろう》

発行者―箕浦克史／発行所―㈱双葉社
〒一六二―八五四〇
東京都新宿区東五軒町三番二八号
〇三―五二六一―四八一八（営業）
〇三―五二六一―四八三一（編集）

印刷所―大日本印刷株式会社
ＤＴＰ―株式会社ビーワークス
カバー印刷―株式会社大熊整美堂
製本所―大日本印刷株式会社

落丁・乱丁の場合は送料双葉社負担でお取り替えいたします。「製作部」あてにお送りください。ただし、古書店で購入したものについてはお取り替えできません。［電話］〇三―五二六一―四八二二（製作部）

定価はカバーに表示してあります。

ISBN978-4-575-00813-5　C0293
http://www.futabasha.co.jp/
（双葉社の書籍・コミック・ムックが買えます）